녹을 때까지
기다려

녹을 때까지 기다려

비채 앤솔러지 ♥ 디저트

이지
장희원
박소희
한유주
오한기

※ 비채

《녹을 때까지 기다려》는 다섯 명의 작가가 하나씩의 디저트를 소재로 쓴 단편소설 앤솔러지입니다. 작품 수록 순서는 독자의 감정 흐름을 고려하여 정했습니다. 따라서 순서대로 읽으시기를 권합니다만, 사실 어느 작품을 먼저 읽으셔도 좋습니다. 초콜릿을 먼저 먹든 슈톨렌을 먼저 먹든, 디저트는 어떻게 먹어도 달콤하니까요.

contents

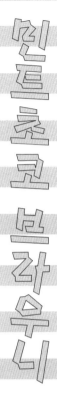

Chocolate

민트초코 브라우니

오
한
기

프리랜서로서 대출받기는 정규직 전환보다 어렵다. 첫 직장에 재직할 때 개설한 마이너스 통장 만기가 도래하고 대출을 갚기 위해 다른 은행 대출을 알아보다가 거절당한 뒤 닥치는 대로 청탁을 받던 시기가 있었다. 김영사에서 디저트 앤솔러지를 출간할 계획이라며 청탁한 초콜릿 테마 단편도 이 시기에 덜컥 수락한 것이다. 그러나 막상 마감이 다가오자 후회가 됐다. 평소 초콜릿을 좋아하긴 했지만 뭐 일반적인 수준이고…… 막상 초콜릿으로 소설을 쓰자니 어떻게 써야 할지 감이 잡히지 않았다. 모름지기 소설이라면 새로운 해석이나 독특한 사유를 전달해야 할 텐데…… 초콜릿이 뭐 있나? 달고 맛있고 호불호 없이 남녀노소 좋아하는 디저트? 아메리카노랑 먹으면 더 맛있고……. 이 이상은 내가 뭐 허쉬 초콜릿 CEO도 아니고 알 게 뭐야. 쇼콜라티에가 주인공인 추리소설을 써볼까 하다가 포기하기도 했다. 지금 이 시점에 그 소설이 무슨 의미가 있나 의문이 들어서였다. 궁금한 점 하나. 초콜릿에 대해 뭘 쓰더라도 그게 유의미한 소설이 될까. 소설보다 초콜릿이 맛있는데?

모르겠다. 그러니까 초콜릿은 잠깐 제쳐두고 요새 내가 어떻게 지내고 있는지 말하는 게 좋을 것 같다. 말하자면, 올해는 내 인생의 격변기였다. 우선 가족들의 삶이 달라졌다. 진진이 블록체인 스타트업 임원으로 이직을 해서 얼굴을 맞대고 이야기하는 시간보다 메시지를 통해 이야기를 나누는 시간이 늘었다. 딸은 초등학생이 돼 필요에 따라 아기같이 굴기도 어린이같이 굴기도 했고, 가끔은 어른처럼 굴기도 했다. 개인적인 신변도 변화가 있었다. 소설 작업이 지지부진한 대신 몇 년 전부터 알바 삼아 하던 글짓기 공부방이 동네 커뮤니티 카페를 통해 입소문이

나면서 벌이가 꽤 쏠쏠해진 것이다. 작년부터는 아예 살고 있는 아파트 후문 인근에 작은 원룸을 하나 얻어서 운영하기 시작했다. 당연히 소설은 뒷전으로 밀려났다. 변화에 대해 혼란스러워하자 진진은 자신이 날 안 이래 지금 입고 있는 옷이 가장 잘 어울린다고 했다. 예전에는 어떤 옷을 입었길래 어울리지 않았는지 궁금했지만 상처받을까 봐 묻지는 않았다.

공부방은 초등학생 위주였다. 일기 쓰기, 받아쓰기, 독서, 글짓기, 동화 창작, 국어 수행평가…… 한국어와 관련된 모든 수업을 한다고 생각하면 된다. 처음 준비하는 게 힘들어서 그렇지 다음부터는 반복이라 시간이 지날수록 여유가 생겨서 마음만 먹으면 소설 쓸 여력도 생겼다. 언제부턴가 상상력 기르기라는 수업도 개설했는데, 학부모들이 선호해서 주말반까지 개설해야 했다. 문창과 시 창작 기초 강좌를 모방한 것으로 대학교에 다닐 때 모아뒀던 유인물이 도움이 됐다. 생각보다 나는 강의에 재능이 있었다. 내게는 두 가지 전략이 있다. 칭찬과 간식. 물론 공부방 곳곳에 배치돼 있는 간식 통에는 초콜릿도 들어 있었다. 이렇게라도 초콜릿과 연관시켜야지…….

답십리도서관 상주작가로 근무할 때는 내 강의가 인기가 많을 수 있다고는 생각하지 못했다. 솔직히 수업 내용은 대동소이했지만, 당시엔 사정사정을 해서 모집하고 결석하지 말라고도 사정사정을 했던 것 같은데, 공부방은 조금 과장하면 대기표를 쥐어줘야 할 정도로 문전성시를 이뤘다. 아무리 생각해도 둘의 차이라면 오로지 전자는 무료, 후자는 유료라는 건데…… 왜 유료 강의가 인기가 더 많은지는 시간을 두고 생각해볼 문제다. 이 소설 주제에 맞게 초콜릿으로 따져보자면, 길거리에서 전단지를 나눠주면서 덤으로 건네는 초콜릿과 먹고 싶을 때 내 돈 주고 편의점에서 사 먹는 초콜릿 정도로 생각하면 될 거 같은데…… 브랜드가 같은 초콜릿일지라도 후자가 맛있기 마련이니까…… 이렇게 생각하니까 이제 좀 이해가 가는 것 같네.

옷차림에 대한 진진의 평가도 점차 수긍이 됐다.

은유적인 표현이라는 건 알지만, 신기하게도 공부방에서 강의를 할 땐 스웨터를 입어도 반팔 티셔츠를 입어도 남방을 입어도, 그 어떤 옷을 입든 불편하지 않았다. 어쩌면 이제껏 소설을 쓴 건 공부방을 운영하기 위해서가 아닐까 생각이 들 정도로 나도 모르게 술술 풀리는 것 같았다. 특별히 뭔가를 한 것도 아닌데 아이들은 나를 작가 삼촌이라고 부르며 따랐고 나도 내가 이렇게 아이들을 다루는 데 소질이 있는 줄 몰랐다.

진진에게 받은 일종의 마케팅 컨설팅도 도움이 되는 것 같았다. 현대문학 신인상 수상, 문학동네 젊은 작가상 수상, 문학과지성사 이달의 소설 선정, 현대문학상 우수작 선정 같은 소소하기 그지없는 커리어를 그럴듯하게 꾸며 액자로 만들어서 걸어두고, 서가에 내 책을 줄줄이 꽂아놓은 게 상담을 하러 온 학부모들을 알게 모르게 설득한달까. 특히 신형철 평론가가 중앙일보에 쓴 〈새해〉 서평이나, 《가정법》을 추천한 이동진 평론가 서평집 유인물은 분명히 효과가 있었다.

무엇보다 공부방 한 켠을 도서관처럼 꾸며놓고 동화책을 구비해놓은 게 주효했다. 수강생이라면 수업 전후 몇 시간이고 책을 봐도 되고 심지어 학원을 다니지 않는 친구를 데리고 와도 된다. 수강생이 요청하면 독서 감상문 숙제까지 도와준다. 초등학생 과밀 지역이라 돌봄교실에 들어가지 못해 발을 구르는 학부모들이 많았기 때문에 이 지점이 가장 높은 평가를 받는 듯했다. 이러다가 유치원 근무 경력이 있는 보육 담당 교사라도 채용해야 하나 생각이 될 정도였다. 진진은 한술 더 떠서 외국인 교사를 채용해서 영어 강좌도 만들어보라고 하는데…… 국어 수업을 영어로? 지금 하는 강의도 벅차서 생각을 미루고 있는데, 생각하면 생각할수록 돈 냄새가 풀풀 나는 건 사실이다.

언젠가는 아파트 정문 상가에서 중고생 국어 전문학원을 운영하는 장 원장에게 스카우트 제의를 받기도 했다. 장 원장은 나와 동년배로, 2002학년도 수능 언어영역 만점을 받고 서울대 국어교육과를 졸업한 뒤 메가스터디 강사로 일한 경력을 앞세운 동네 인기 강사였다.

만점 DNA가 만점 DNA를 알아보는 법입니다!

아파트 단지 어느 곳에나 붙어 있는 장 원장의 홍보물 캐치프레이즈였다. 거들먹거리는 표정의 홍보물 프로필 사진을 볼 때마다 저절로 인상이 쓰이는 거 보니 나랑은 완전히 다른 타입인 것 같았다. 그런 장 원장이 초등학생 글짓기 영역까지 사세를 확장하고 싶다며 나와 수강생 일체를 인수하고 싶다고 제안한 것이다. 금액이 상당히 커서 긍정적으로 검토했지만 조율 과정에서 이견이 있어서 고심 끝에 포기했다. 장 원장의 조건은 단 하나였다. 연봉을 원하는 대로 맞춰주는 만큼 인건비 절감을 위해 내가 중학교 국어나 고등학교 국어영역도 담당했으면 좋겠다는 것이었다. 자신 없다고 하니 장 원장은 아이들을 속이는 건 생각보다 쉽다고, 그렇게 속이다 보면 어느새 훌륭한 국어 강사로 성장해 있을 거라고 자신했다. 나는 수능 공부를 다시 할 자신도 없고 무엇보다 아이들을 속이기도 싫다고 거절했는데, 장 원장이 사람 좋게 웃으며 물러나서 예상보다 매너가 좋은 것 같다고 생각했던 기억이 난다.

시간이 좀 더 흐르자 공부방은 포화상태가 됐다. 나는 사업장을 정문 상가로 확장하기로 결정했다. 보증금 3천만 원에 월세가 200만 원이 넘어서 나로서는 대대적인 투자였다. 고민이 됐지만 물이 들어올 때 노를 저으라고 진진이 권했기 때문에 과감하게 적금을 깼다. 장 원장의 학원과 같은 층이긴 했지만, 수요층이 달라서 괜찮을 것 같다는 생각에 크게 신경 쓰지 않았던 것 같다.

그러나 예상은 보기 좋게 빗나갔다. 장 원장은 나와 달리 공부방의 존재를 의식하고 견제하는 듯했다. 인사도 받아주는 둥 마는 둥 했고, 다른 세입자와 수강생들에게 내 험담을 하거나 공동 화장실 청소 몰아주기 같은 치사한 텃세도 부렸다. 진진에게 물었더니 시간이 해결해줄 거니까 네 할 일만 하면 된다는 충고를 해주었다. 동의했다. 솔직히 기다리는 거 말고는 딱히 할 수 있는 일이 없었으니까.

　순진하게도 처음에는 진짜 시간이 해결해주는 줄 알았다. 이사가 끝난 뒤 어수선한 시기가 지나고 공부방이 조금씩 자리 잡고 있을 무렵 장 원장은 박카스 한 박스를 들고 공부방 문을 두드렸다. 그동안 속좁게 굴어서 미안하다고, 스카우트를 거절당한 일도 있었고 불경기다 보니까 매출도 떨어져서 자기도 모르게 옹졸하게 굴었던 것 같다고 하면서 말이다. 생각해보니 우리가 딱히 겹치는 영역이 없어서 오히려 시너지가 날지도 모른다고 덧붙이기도 했다. 성격에 따라 충분히 그럴 수도 있다는 판단에, 나는 괜찮다고 앞으로 잘 지내면 되지 않냐고 받아줬다. 그 뒤 장 원장은 서가에 꽂힌 내 책들을 훑어보더니, 자신도 서울대 재학 시절 문청이었다면서 꿈을 포기하지 않고 이뤘다는 게 부럽다고 했다. 당시 신춘문예 최종심에도 몇 번 올랐으며 백민석, 배수아, 정영문을 동경했다고 이야기하기도 했다. 소설가가 아닌 사람들과 이 세 작가에 대해 이야기하는 경우는 좀처럼 드물어서 신기했고 동질감까지 느껴졌다. 우리는 믹스커피를 앞에 두고 한동안 문학에 대해 대화를 나눴다. 실로 오랜만에 꽤 심도 있는 문학 이야기를 하는 거라 신이 났던 것 같다. 있는 이야기 없는 이야기 다 했으니. 맞다. 나는 그때 모든 경계심을 풀었던 것 같다.

아, 맞다. 그 뭐냐…… 후장사실주의자라면서요?

어느 순간 장 원장이 물었다. 나는 깜짝 놀라 그걸 어떻게 아냐고 물었다. 장 원장은 여기 오기 전 인터넷에서 내 이름을 검색해봤다고 답했다. 얼마나 개성 있는 소설을 쓰면 후장사실주의자라는 별명이 붙었냐고 너스레를 떨면서. 이렇게까지 말하는데 스스로 붙였다는 말은 차마 하지 못하고 웃음으로 때울 수밖에. 《문장웹진》에 올라가 있는 〈펜팔〉을 읽었다면서 반시대적이지만 그 반시대성이 오히려 시대성을 드러내는 것 같다고 분석하기도 했다.

〈펜팔〉을 읽고 왜 후장사실주의잔지 알았다니까요. 어떻게 이명박하고 펜팔하는 소설을. 기발한 걸 넘어 불순해 보이기도 하고요. 학부모님들이 작가님 소설을 읽어봤으면 기겁을 하셨을걸요. 그럼 진작 공부방도 망했을 텐데요.

장 원장이 음흉하게 킬킬거렸다. 섬뜩하긴 했지만 화해 분위기를 해치고 싶지 않았고, 보통 학부모들은 소설을 읽는 데는 관심이 없어서 소설가라는 타이틀만 보고 오신다고 웃어넘겼다. 그러자 장 원장은 진지한 표정으로 돌변하며 지금 어떤 소설을 쓰고 있냐고 물었다. 나는 초콜릿을 주제로 한 단편소설을 구상 중이라고 답했다. 장 원장은 어느 출판사에서 나오냐고 캐물었다. 김영사라고 하자 《먼나라 이웃나라》를 출판한 유명한 출판사 아니냐며 더 구체적인 이야기를 해달라고 졸랐다. 나는 초콜릿으로 어떤 소설을 쓸지 모르겠다고, 아니, 이제 도저히 소설을 쓰지 못하겠다고 엄살을 부렸다.

에이, 숨기지 말고 말씀 좀 해주세요. 아예 생각지도 못한 소설이 나올 것 같은데요.

장 원장이 나를 꼬셨다. 내가 칭찬에 약한 스타일이긴 한가 보다. 오랜만에 칭찬을 받아서인지 나는 한껏 고무돼 있었고 장 원장이 기대하고 있는 바를 무조건 충족시켜야 된다고 생각했던 것 같다. 그래서 말이 좋아 구상이지 아직 아무 계획도 없다는 사실을 고백할 수는 없었다. 참고로, 〈펜팔〉도 《릿터》 인터뷰 도중 구상한 것이다.

원래 소설을 쓰기 전에 누군가에게 말하면 기운이랄까 기세 같은 게 떨어지는 징크스가 있어서 함구하곤 하는데요. 원장님한테만 특별히 말씀드릴게요. 우리 나이도 같고 뭔가 말이 통하는 느낌이 들어서요. 어떤 이야긴가 하면……

내가 이렇게 말을 트니까 장 원장이 침을 꿀꺽 삼키고 나를 바라봤다.

그러니까…… 초콜릿을 먹지 않으면 소설을 쓰지 못하는 어떤 작가가 있는데요. 데뷔 십 년이 지난 어느 날 대변을 보는데 똥 대신 초콜릿이 나오기 시작해요. 똥 냄새 대신 초콜릿 향이 나고…… 맛도 살짝 봤는데 진짜 초콜릿이고…… 생각해봐요, 작가가 먹는 음식에 따라 똥, 아니, 초콜릿 맛도 다르겠죠. 시금치 맛, 삼겹살 맛, 라면 맛, 소고기 맛, 바나나 맛, 커피 맛…… 뭔가 신기하긴 했는데 건강에 문제가 있는 게 아닌가 걱정이 됐어요. 작가는 병원으로 향했죠. 그런데 의사들은 치료에는 관심 없고 학계에 보고해야 한다고 호들갑을 떠는 거예요. MRI, CT, 초음파…… 각종 검사 결과 신체에는 별 이상이 없다며 단지 당신이 초콜릿을 하도 먹어대서 대장 기관과 항문이 초콜릿화됐다는 결론이 난 거죠. 이걸 웃어야 하나, 울어야 하나. 어쩌겠어요, 죽을병도 아니고 사는 데 불편한 건 없으니까 뭐 그냥 살아가는 거죠. 그러던 어느 날이었어요. 어떤 쇼콜라티에가 와서 거액의 제안을 해요. 내가 당신의 똥을 팔겠다! 대신 유명한 작가들의 책을 찢어서 먹어라. 대문호들의 예술혼이 깃든 초콜릿. 현직 작가가 배설한 거장들. 이건 환상적인 마케팅이다! 톨스토이 초콜릿, 도스토옙스키 초콜릿, 보르헤스 초콜릿, 카프카 초콜릿……. 그러면서 벌어지는 이야기예요. 일단 이 정도 콘셉트만 생각하고 있는데, 이제 본격적으로 어떤 사건이 일어나고 어떤 결말을 향해 나갈지 생각해봐야죠.

나는 떠오르는 대로 말했다. 문득 즉흥적으로 말한 거치곤 괜찮다는 생각이 들었다. 나는 이렇게 우연으로 떠올라서 논리적으로 얽혀 들어가는 소설을 좋아한다. 얼떨결에 만든 소설들 말이다. 그렇다고 이 소설이 논리적으로 보인다는 말은 아니다. 오해는 하지 말길.

미친…… 잠깐……. 그 작가가 작가님인가요?

장 원장이 박장대소를 했다.

아…… 설마요. 저는 제대로 된 똥을 쌉니다만.

내가 이렇게 받아치니까 장 원장은 거의 배를 잡고 뒹굴었다.

대박…….

어떻게 초콜릿 하나 드실래요?

내가 간식 통에 놓인 페레로 로쉐 초콜릿을 하나 들었다.

초콜릿은 됐어요. 역시 후장사실주의자답네요.

농담인데 뭔가 선을 넘었나…… 장 원장은 별안간 정색하고 나를 바라봤다. 나는 어깨를 으쓱했다. 장 원장은 이제 수업 시간이 됐다며 자리에서 일어섰고, 내 소설이 궁금한데 빌려줄 수 있냐고 물었다. 나는 흔쾌히 전작에 사인까지 해서 선물했다. 장 원장은 미래에 큰 상이라도 타면 이 책의 가치가 백 배는 되지 않겠냐고 떠벌리며 학원으로 되돌아갔다. 나는 장 원장이 거절한 페레로 로쉐의 금박 포장을 까서 입에 넣고 씹었다. 물컹하고 진한 느낌이 입안 가득 맴돌았다.

고발합니다!

고덕동 XX상가에서 글짓기 공부방을 운영하는 오한기 작가 사상 검증 요청의 건

안녕하세요, 고덕동 주민입니다. 저는 최근 오한기 작가의 전작을 읽고 너무 깜짝 놀라 한참 동안 말을 잇지 못했습니다. 여러분, 소설이란 모름지기 아름답고 순수해야 하는 예술 아닙니까? 교훈과 지적 자극을 줘야 하고 감동과 여운을 선사해야죠. 모든 단행본이 이렇게 불쾌감만 잔뜩 줘서야 되겠나요. 제가 설마 이 작가가 우리와 상관도 없는데 이렇게 공개 비판할까요. 중요한 건, 오한기 작가는 우리 동네에서 초등학생들을 상대로 강의를 하는 사람이라는

겁니다. 강의 실력은 부차적인 요소입니다. 교육에 있어서는 인성, 사상이 중요합니다. 아이들은 뭐든지 스펀지처럼 빨아들이거든요. 학부모님들께서는 위에 언급한 소설들을 읽어보시고 오한기라는 작자에게 눈에 넣어도 아프지 않은 소중한 자녀를 맡겨도 좋은지 판단 바랍니다. 화가 많이 나더라고요. 이런 악마 같은 작가에게 출판 기회를 주는 한국 문단은 대체 무슨 의도가 있는지 궁금할 따름입니다.

그러던 어느 날이었다. 동네 커뮤니티 카페 같은 곳에 위와 같은 글이 올라왔다. 금세 다른 커뮤니티로 또 다른 커뮤니티로 퍼졌다. 실제로 동네 카페에 있는데 학부모 몇몇이 나에 대해 말하는 걸 들어서 나를 알아볼까 봐 황급히 자리를 뜬 적도 있었다. 내게 이럴 사람은 단 하나뿐이었다. 왜냐하면 내 전작을 다 읽은 독자는 그만큼 희소가치 있기 때문이었고, 거의 100퍼센트 확률로, 최근 내 소설 그것도 전작을 읽을 만한 사람은 단 하나뿐이기 때문이었다. 문제는 따지러 학원으로 쳐들어갔는데, 장 원장은 자기가 아니라고 부인했다는 것이다.

작가님…… 저기, 무슨 왕자병 있으세요?

왕자병이라뇨…….

제가 작가님한테 관심이나 있는 줄 알아요? 한가한 사람 같아요? 지금 기말고사 시즌이라구요.

장 원장이 책상 위 문제집 사이에 아무렇게나 쌓여 있는 내 전작들을 흘긋 보며 말했다. 책을 보고 싶다고 할 땐 언제고……. 장 원장의 이야기를 듣고 화가 났지만 심증뿐이라서 더 할 말이 떠오르지 않았다.

그런데 설혹 그 글을 쓴 사람이 제가 맞다고 해도 문제가 됩니까?

장 원장이 어느 순간 표정이 싸늘하게 돌변했다.

무슨 말씀이신지?

저도 읽어봤는데 그냥 작품을 비평한 거뿐이던데요?

장 원장이 덧붙였다. 생각보다 장 원장은 논쟁에 능했다. 그가 왜 서울대에 합격했는지 알 것 같았다.

대한민국이 공산주의 국가입니까? 표현의 자유가 있는 나라 아닌가요? 소설 하나 마음대로 평가하지도 못해요? 혹시 지금 군부독재 시댑니까? 아니면,

운동권 출신이세요?

장 원장이 거침없이 쏘아붙였다. 적반하장도 유분
수지…… 그렇지만 표현의 자유라 하니…… 맞는 말
이라서 대답이 궁했다. 표현의 자유가 없었다면 나도
소설을 쓰고 있기 힘들었겠지……. 진진에게 의견을
구했더니 액땜으로 생각하라고 조언했다. 무엇보다
시작 단계부터 일을 크게 만들고 싶지는 않았다.

카페에 올라간 글은 효과가 있었다. 기존 수강생
이탈은 별로 없었지만, 새로운 수강생들의 발길이 끊
긴 것이다. 매출은 그대론데 대출이자와 임대료처럼
확장으로 인해 나갈 돈은 많으니 통장 잔고가 줄어들
기 시작했고, 간식이나 신작 동화를 사놓기에도 빠듯
했다. 진진이 한 달 무료 수강 이벤트 아이디어를 내
지 않았으면 아마 폐업도 고려했을 것이다. 무료 수
강 후 등록하면 30퍼센트 할인. 그랬더니 한동안 다
시 수강생이 몰려들었다. 나는 값진 리미티드 초콜
릿을 다루듯 수강생들을 애지중지 돌보며 고된 시간
을 견뎌야 했다.

다시 한번 강력하게 오한기 작가를 규탄합니다!

마녀사냥이 될까 봐 이런 말까지는 지양하려고 했지만, 지금 오한기 작가는 항문 페티시에 대한 소설을 쓰고 있다고 들었습니다. 얼씨구? 소속단체는 후장(항문)사실주의라고 합디다. 요새 우리 상가 남자 화장실이 자꾸 막히던데 혹시 오한기 작가가⋯⋯. 농담이지만 마냥 비현실적인 말은 아니라서 살짝 소름이 돋는군요. 말 그대로 후장사실주의자는 후장을 사랑하는 작가를 칭합니다. 왜 하필 후장을 좋아하는 걸까요? 인터넷 서칭을 해보니 그중에서도 오한기 작가는 배설물과 배설기관에 깊은 관심이 있는 것 같더군요. 《인간만세》를 일독해보세요. 그야말로 똥으로 점철된 소설입니다. 《가정법》에도 항문을 청소해주는 아이가 등장하구요. 오한기 작가는 항문을 실로 사랑하는 것 같다는 생각이 듭니다. 복도를 지나가다가 마주치면 제 똥구멍을 한참 바라보더라구요. 수치스러웠습니다. 성희롱으로 경찰에 신고할까 몇 번을 고민하다가 참았네요. 다른 건 없습니다. 저는 여러

분의 사랑스러운 자녀들이 실로 걱정됩니다. 이렇게까지 말했는데, 제 말 못 믿으시겠으면 오한기 작가가 쓰고 있다는 항문 페티시에 대한 소설을 주목하시길 바랍니다. 김영사에 연락해보니 곧 출간될 디저트 앤솔러지에 실린다고 합니다. 출간되면 또 소식 전할 테니 읽고 판단하시죠.

한동안 잠잠하더니 그로부터 한 달 뒤 다시 글이 올라왔다. 마음이 급했는지 이제 대놓고 이 글의 저자는 장 원장이라고 티를 내고 있었다. 나중에 딸이 커서 이 글을 보는 걸 상상만 해도 아찔했다. 마음 같아서는 반박 글을 올리거나 장 원장의 꼬투리를 잡아 비방하고 싶었다. 이럴 줄 알았으면 애들 속여서 돈 벌자고 하는 걸 녹음해놨어야 하는데……. 같이 죽자고 달려들자니 똑같은 놈이 되기는 싫고…… 명예훼손죄로 고소하기 위해 변호사를 찾아가보니 애매하다고 했다. 이미지 훼손이라는 게…… 법정 싸움에서 이겼다고 쉽사리 회복되지도 않으니 원만하게 합의하는 게 더 나을 것 같다며 소송을 말렸다. 결정적으로 변호사 수임료가 한 달 치 월세보다 비싸다는 견적을 보고 포기했다. 이 글은 확실히 파급효과가 컸다. 무료 강의를 들으러 오는 학생들의 발걸음도 끊겨버렸고, 그만두고 싶어하는 학부모들을 설득하느라 하루 종일 핸드폰을 붙잡고 있어야 했다.

ㄴ 어쩐지, 그 쌤 눈빛이 싸하다 했어.

ㄴ 수업 시간에 그렇게 방귀를 뀐다고 하더라고. 항문 페티시의 증거 아니겠어요?

ㄴ 출판사에 전화해보니까 곧 출간된다고 합니다. 읽고 판단해보시죠, 모두.

ㄴ 공구 준비 완료!

ㄴ 홍학 코스프레를 하고 아이를 가르친다죠?

ㄴ 이 학원에 다닌 이후로 우리 착한 공주님이 똥 이야기를 많이 해요. ㅜㅜ

ㄴ 어쩐지 동물을 주제로 한 글쓰기를 많이 시키더라구요. 공부방에 다닌 이후 애가 동물 가면만 보면 그렇게 사달라고 조르지 뭐예요. 대박…… 소름 돋아.

댓글들도 달렸다. 아무것도 모르는 출판사는 이례적으로 나에 관한 문의가 많이 온다며 대박의 조짐이 보인다고…… 휴…….

어쨌거나 장 원장의 작전은 맞아떨어졌다. 시간이 좀 더 흐르니까 오래 다니던 친구들도 그만뒀다. 그중 대다수는 장 원장의 학원으로 옮겼다. 알고 보니 장 원장은 공부방 시간표까지 베껴가고 있었다. 상상력 기르기 수업까지 베끼고 있는 걸 보니 피가 거꾸로 솟았다. 보아하니 문창과 재학생들을 영입해 강의를 하는 모양이었다. 심지어 곳곳에 간식 통을 비치하고 작은 도서관을 만든 것까지 모방했으니 두 손 두 발 다 들 수밖에.

난 분노하면 금세 체념이 뒤따르는 타입이다. 이번에도 마찬가지였다. 잔고는 마이너스를 향해 가고 있었고, 나는 어느 순간부터 자연스럽게 이 상황을 받아들이고 있었다. 제2의 인생은커녕 다시 본업으로 되돌아가 글쓰기로 돈을 벌기 시작한 것이다. 민음사 블로그에 연재하고 있는 에세이가 그런 경위로 쓰게 된 것이다.

진진은 해결책은 하나라고 했다.

그게 뭔데?

내가 물었다.

정상적인 소설을 쓸 수 있다는 것을 보여주는 거야.

진진이 답했다.

그 말인즉슨 내가 비정상적인 소설을 쓰고 있다는 거야?

내가 또 물었다.

그건 네가 더 잘 알 텐데…….

진진이 어깨를 으쓱했다.

그럼 정상적인 소설은 뭔데?

글쎄…….

진진은 한마디로 설명하기 힘들다면서 지금 어떤 소설을 쓰고 있냐고 물었다. 나는 전에 장 원장에게 말했던 소설을 읊었다. 실제로 그 뒤 노트북에 적어놓고 끄적이기 시작했던 것이다.

그러니까 똥 대신 초콜릿을 싸는 작가 이야기란 말이지?

진진이 미간을 한껏 모으곤 말을 잇지 못했다.

작가와 똥. 대중이 싫어하는 두 가지를 다 갖췄네.

진진이 덧붙였다.

싫어하려나?

너는 그런 걸 쓰는 게 재미있어?

그게 아니라…….

자극적이고 불쾌하지 않은 소설은 못 써?

그러지 않으면 갈등도 없을 거고…….

갈등을 없애자는 게 아니라…… 다소 일반적이더라도 감동적인 드라마투르기를 말하는 거지.

그럼 교과서에 실릴 만한 소설을 말하는 건가?

내가 물었다.

음…… 그거까진 모르겠지만 건전하고…….

건전하고…….

무해한 소설?

진진이 답인지 질문인지 애매한 억양으로 말했다.

건전하고 무해한 소설, 그러니까 정상적인 소설이 뭔지 정확히 정의하는 건 지금도 불가능하다. 그러나 진진의 의도가 무엇인지는 알 것 같았다. 그러니까 학부모들이 읽고도 안심하고 자녀들을 맡길 수 있을 만한 그런 소설. 공부방 운영과 생계를 위해서라도 성숙하고 감동적이고 심금을 울리는 소설을 써야 한다. 내 생각에 핵심은 평범함이었다. 나 스스로를 평범한 시민으로 포장할 수 있는, 모범적인 윤리관의 소유자로 보일 수 있는 소설…… 그래, 초콜릿으로 비유하자면 따분하기 그지없는 밀크초콜릿 같은 소설…….

무엇보다 나 자신을 버리는 게 필요하다. 내 안에 있는 어떤 꼬임, 병적 강박관념, 편집증적 요소를 디톡스 주스를 먹은 것처럼 뽑아내기로 다짐했다. 포털에 검색해봤더니 오한기는 소설을 게으르게 쓴다는 평가도 있었다. 무슨 말도 안 되는 소리냐고 투덜대긴 했지만 한편으로는 반성도 됐다. 솔직히 장난스럽긴 했지. 장엄하고 숭고한 자세로 소설을 써보자는 생각이 들었다. 그렇다면 자료 조사부터 해야지. 초콜릿 원료를 연구했고 브랜드별 국가별 초콜릿을 분석했다. 몇 없는 인맥을 통해 초콜릿 제조 공장도 방문했으며, 도서관에 드나들며 외국어로 쓰인

논문까지 읽기도 했다. 초콜릿이 한국으로 어떻게 들어왔는지 조사를 하던 중 문득 이런 생각이 들었다. 이거 나답지 않은데?

당신다운 건 뭔데?

고민을 토로했더니 진진이 되물었다. 주말이었고, 나는 주방에서 유튜브를 따라 초콜릿을 만들고 있었다. 진진은 이거 진짜 먹어야 하나 싶은 표정으로 내가 만든 초콜릿을 만지작거리고 있었다.

글쎄, 나다운 건 뭘까?

예를 들어 설명해봐.

저번에 말했던 그 소설 있잖아. 장 원장한테 말했던 소설.

또 그 소설 타령이야?

그럼 어떻게 해. 저절로 이야기가 만들어지는데. 한번 들어볼래?

내가 물었다. 진진은 어디 한번 계속해보라는 듯 입술을 비죽 내밀고 고개를 끄덕였다.

어디까지 말했더라…… 그래, 쇼콜라티에의 이른바 대문호 초콜릿은 실패로 돌아갔어. 아무도 소설

진진이 한숨과 함께 이야기를 시작했다.

그래도 넌 가능성이 있어. 민트초코를 봐. 한국에
이질적인 향신료인 민트를 초콜릿에 넣었더니
하는 사람들이 꽤 있잖아. 마니아를 만드는 전
로 가는 거야. 호감 비호감의 문제가 아니라, 호
의 영역이 되는 거지. 스물스물 영역을 넓혀가
무스하게 독자들 인식에 자리 잡는 거라고.
, 지금도 내 소설 좋아하는 독자들 있어. 네 말
자면 나는 이미 민초라고.

이 단호하게 말을 잘랐다.

설은 민트라기보다는…… 뭐가 좋을까……
잎에 가깝지. 깻잎은 아무래도 초콜릿에 전
지 않는다고. 그런데 아무도 좋아하지 않
지, 이 세상에는 다양한 취향이 있기 마련
적어도 지금 네 소설을 좋아하는 독자들이
면…….

나와 결혼하기로 한 것과 비슷한 원리인가?
진진은 섣불리 말을 잇지 못했다.

가의 혼이 담긴 초콜릿 따위는 찾지 않았지. 그걸 돈 주고 누가 사겠어. 그런데 모든 일이 이러려나…… 의외의 마니아가 생겼지 뭐야. 빤하지 뭐…… 소설가, 소설가 지망생, 문창과 학생, 문창과 입시생…… 똥을 먹으면 걸작을 쓸 수 있다는 소문이 난 거야. 하루에 쌀 수 있는 배설물 양은 한정돼 있고 비트코인처럼 가치는 점점 증가했지. 쇼콜라티에는 작가에게 더 많은 똥을 싸라고 주문하며 미친 듯이 음식을 먹여. 어느덧 작가의 체중은 150킬로그램이 넘었고 매일매일 항문이 찢어질 정도로 똥을 쌌지. 그러던 어느 날, 국민 작가라고 알려진 사람이 작가를 찾아왔어. 작가를 독점하고 싶다나. 쇼콜라티에는 당연히 권리금까지 받고 작가를 팔아버렸지. 국민 작가는 노벨문학상이 생전 마지막 목표라며 노벨문학상 수상 작가들이 쓴 작품들을 먹길 강요하고…… 그렇게 2막이 오르는 거지. 그 뒤엔 어떻게 될까? 상상만 해도 흥분되지 않아?

내가 묻자 진진은 초콜릿을 한 알 입에 넣고 인상을 썼다. 내 이야기인지 초콜릿인지 모르겠지만 둘

중 하나에 비위가 상하는 건 분명했다.

이해가 안 돼.

뭐가?

그게 왜 자기다운 건데?

글쎄…….

그런데 혹시 이 초콜릿에 뭐 넣었어?

진진이 초콜릿을 휴지에 뱉으며 물었다.

정문 상가에서 글짓기 공부방을 운영하고 있는 소설
가 오한기입니다. 작가 11년 차, 저 그렇게 호락호락
하게 살았던 놈 아닙니다. 항문 페티시와 관련된 소
문 전부 오해입니다. 저와 공부방의 명예를 걸고 결
단코 실망시켜드리지 않을게요. 김영사에서 출간될
다음 작품을 주목해주세요.

커뮤니티 카페에 선전포고까지 하면서 마음을 다
잡았지만 작업은 좀처럼 앞으로 나가지 못했다. 더
군다나 임대료를 내기 위해 진진의 월급에까지 손을
벌리자 진진도 고개를 내둘렀다. 생활은 점차 궁핍

해져갔고, 부동산에 공부방을 내놓
가지 않았다. 학생들은 줄어서 하
로만 들던 적자 운영이 뭔지 알 것

그냥 폐업할까 봐.

진진에게 토로했다.

고작 소설 때문에?

소설 때문에 벌어진 일이잖

내가 말했더니 진진은 그건
끌끌 찼다.

내가 고민해봤는데, 민초

진진이 물었다.

민초? 민트초코 말하는

응, 민트초코. 네가 민트

진진의 눈빛이 날카롭
지 않았다. 진진은 민트
와 시시때때로 논쟁을
을 하자는 건 아닐 테

이제 너한테 신경
포기해야 될 것 같이

서는

좋아

략의

불호

며 스

에이

대로 하

아니

진진

네 소

그래, 깻

혀 어울

을까? 아

이고……

있는 걸 보

그럼 네가

내가 묻자

초코 브라우니

네 말이 맞다 쳐. 민초는 그럼 깻잎과 뭐가 다른데?

다른 질문을 던졌다.

민트는 초콜릿에 잘 어울리지만 그 진가를 알아봐 주는 사람이 없는 거지.

진진이 단호하게 대답했다. 그래도 내가 알아듣지 못하는 듯하니, 진진은 소설 몇 개를 보여달라고 했다. 자기가 민트초코를 골라주겠다고.

3박 4일간의 고민 끝에 진진이 택한 소설은 〈마름모 브라우니〉였다. 《인간만세》 작가의 말에 작가의 말 대신 쓴 소설로 원고지 30매 정도 분량이었다. 〈마름모 브라우니〉는 브라우니라면 완벽한 마름모 꼴이어야 한다는 편견을 지닌 화자가 다양한 모양의 브라우니를 접하며 충격을 받는 소설이다. 진진은 편집증적인 요소가 거슬리긴 하지만 불쾌감을 불러오진 않는다고 평가하면서, 누구나 호기심을 가질 만한 지적 요소도 충분하고, 브라우니와 미국 현대사를 접목한 지점이 흥미로우니 좀 더 보강하면 될 것 같다고 판단했다.

뭐, 살짝 난해하긴 하지만…… 문체만 단순하게 고

치면, 민트초코가 될 수 있는 여지가 있을 듯해.

　진진이 미간에 주름을 잡았다.

　게다가 브라우니도 초콜릿이잖아? 시간 낭비하지 않아도 되고 좋네.

　진진이 의미심장하게 웃었다.

〈마름모 브라우니〉를 늘려 쓰기 위해 고민하고 있을 때 준비 과정부터 문제가 하나 생겼다. 이렇게 돈이 많이 드는 소설은 처음이었다. 그것도 금전적으로 힘든 상황에서 말이다. 브라우니의 형태에 대한 소설이니만큼 브라우니를 많이 접해야 했다. 공산품으로 출시된 브라우니는 물론, 서울 시내 브라우니가 유명하다는 카페는 거의 다 찾아가봤다. 데이트 겸 진진과 같이 다녔는데, 진진은 그런 적 없다고 잡아떼지만 분명 처음에는 네가 이런 소설을 쓴다면 돈이 하나도 아깝지 않다고 하기도 했다. 참고로, 내 입맛에 가장 맛있는 건 오리온 리얼마켓 브라우니와 파파존스 브라우니다.

　시간이 흐르고 브라우니가 체내에 축적될 만큼 축

적됐다는 느낌이 들자 나도 모르게 이제 소설을 쓸 자세가 갖춰졌다는 생각이 들었다. 경험상 이런 느낌이 들 때부터 진짜 소설이 시작됐다. 느낌이 사라지기 전에 얼른 캐릭터와 사건을 설정하고 위기와 결말을 구상했다. 핵심은 최대한 평범하게. 완성만 되면 꽤 그럴듯한 소설이 될 거라는 생각도 들었다. 그러나 이상하게도 단 한 글자도 진도를 나갈 수가 없었다.

그러던 어느 날이었다. 나는 의도치 않게 브라우니의 어떤 속성에 꽂혀버렸다. 브라우니에 대해 조사하다가 브라우니라는 명칭이 'brown'에서 따왔고, 된장과 비슷한 맥락으로 서양에서 대변을 뜻하는 은어로 쓰인다는 이야기를 접한 뒤, 내 머릿속에는 말 그대로 똥만 가득 차버렸다. 순식간에 방향을 틀어서 똥 모양 브라우니를 찾아 헤매는 미친 소설가 이야기를 구상하기 시작했으니 말이다. 무엇보다 생각을 이어가다 보니 똥 대신 초콜릿을 배설하는 작가 이야기와 자연스럽게 이어 붙일 수 있을 것 같았다. 국민 작가의 무리한 요구에 배탈이 난 작가가 설사약을 먹게 되고…… 딱딱한 브라우니를 싸게 되면서 벌어지는 이야기…….

저기, 똥 하나 주시겠어요?

내가 얼마나 그 소설에 빠져 있었냐 하면, 카페에 가서 브라우니를 주문하며 이렇게 말하기도 했다.

네, 똥이요?

점원이 어이없다는 듯 물었다.

그 무렵이었던 것 같다. 진진이 슬슬 나와 카페 가는 걸 피했던 건. 나는 진진과 합의 끝에 장 원장을 찾아갔다.

졌습니다.

내가 말했다. 그리고 얼마든지 학생들을 속여볼 테니 공부방을 인수해달라고 읍소했다. 장 원장은 첫 제안보다 좀 더 낮은 가격을 제시했다. 떨어져 나간 학생 수를 생각하면 타당한 가격이었다. 나는 지체 없이 수락했다.

그리고 잘 읽었습니다.

장 원장이 씩 웃으며 내 책들을 내밀었다.

그런데, 저번에 말한 그 이야기 말이죠.

무슨 이야기요?

초콜릿을 배설하는 작가 이야기 말이에요. 빈말이 아니라 진짜 재미있었는데…… 저로서는 이후 이야기가 어떻게 될지 상상도 안 되네요. 작가님의 전작을 읽으니까 대체 어떻게 진행될지 더 궁금해집니다.

장 원장이 말했다. 분명 표정은 진지한데 말이지……. 나로서는 이게 진심인지 아닌지 짐작도 할 수 없었고 어떤 반응을 보여야 할지도 헷갈렸다.

어떻게 초콜릿 하나 드시면서 이야기해주실래요?

장 원장이 싱긋 웃으며 간식 통을 내밀었다. 간식 통 안에는 낱개로 포장된 형형색색의 초콜릿들이 가득했다. 나는 초콜릿을 하나 들고 장 원장을 봤다. 장 원장은 잔뜩 기대하는 눈빛으로 나를 바라보고 있었다. 나는 포장을 벗기고 초콜릿을 입에 넣었다.

나는 근본주의자가 아니다. 초콜릿에 있어서도 마찬가지.

가장 먹고 싶은 초콜릿: 벤앤제리스 초코퍼지 브라우니

가장 기대되는 초콜릿: 작업실 냉장고에 두고 온 몬델리즈 초콜릿 오레오맛

세계의 절반

한유주

1.

언젠가 이런 일이 있었다. 2046년 봄, 이제는 과거의 공휴일이 된 식목일에 여전히 나무를 심는 사람들이 있었다. 정민도 그들 중 하나였다. 일행은 전날 저녁 단체 버스를 타고 철원에 도착해 한탄강 인근 숙소에서 하룻밤을 보냈다. 자정이 조금 못 된 시각, 정민은 로비에서 서성거렸다. 로비 왼쪽에 엘리베이터 두 대가 있었고, 그 사이에 최소한으로 밝혀진 조명에 회화 작품 한 점이 어슴푸레 빛나고 있었다. 정민은 그림에 가까이 다가가 그 내용을 파악해보려고 했지만 어색한 형태와 음울한 색조만 눈에 들어왔을 뿐

별다른 인상을 받지는 않았다. 정민이 방으로 돌아오자 그 기척에 동행자가 설핏 잠에서 깼다. 정민이 미안함을 표하자 상대는 괜찮다고 중얼거리며 말했다.

"그런데 여기 위험한 남자들은 없어 보이네요."

"위험한 여자들은 있겠죠."

두 사람은 맑게 웃었다.

다음 날 아침, 정민과 일행은 본격적으로 식목에 나서기 전 짧게 한탄강 트레킹을 하기로 했다. 정민은 물가를 따라 걸으며 연녹색 잡풀들과 강물의 흐름, 다소 쌀쌀한 날씨에도 망설이지 않고 물에 뛰어드는 사람들과 첨벙 하는 소리, 자주색 몸통에 목에 분홍색을 띠처럼 두른 앵무새들, 갈색 참새들, 누군가가 떨어뜨리고 간 선글라스며 스카프, 검은 개들과 이름 모를 풀벌레들, 노란색과 연보라색 들꽃들을 보았다. 정민의 룸메이트가 다른 무리와 대화를 주고받으며 정민을 앞질렀다. 햇빛이 절벽 아래로 내리꽂히다 다시 솟구쳤다. 등산화 한 짝이 물가 돌들 사이에 끼어 있었다. 몸통이 희고 부리가 긴 새들과 길게 자라 때 이르게 반바지 차림인 사람들의 종아리를 긁어대는 풀들이 있었다. 정민은 앞장선 사람들과 적당한 거리를 유지하며 이런 것들을 보았는데, 그러다 잠시 걸음을 멈추게 되었다. 왼쪽으로 세 발짝쯤 떨어진 물가 근처에서 무언가 반짝이고 있었다. 정민이 갑자기 서는 바람에 뒤에서 바짝 따라오고 있던 일행과 부딪힐 뻔했고, 정민은 사과했다. 화창한 날이었다. 정민은 눈을 가늘게 뜨고 뒷사람과 목례를 주고받은 뒤 물가로 다가갔다.

정민은 고작 세 발자국 움직이는 동안 발을 헛디뎌 넘어질 뻔했다. 뒤에 있던 일행들 네 사람이 지나가며 무어라 말을 걸었지만 들리지 않았다. 정민은 조심스레 반짝이는 물체로 다가가 쪼그려 앉고 고개를 숙여 그것을 들여다보았다. 지름이 손가락 한 마디쯤 될 성싶은 구체였다. 흙 속에 파묻혀 있었지만 대체적으로 희끄무레하다는 걸 알 수 있었다. 어쩐지 은빛 조각이 박힌 것도 같았다. 정민은 홀린 듯 손을 뻗었다. 그러자 차갑고, 축축하고, 매끄럽고, 둥글고, 서늘하고, 이상한, 그리고 우리가 때로 아름다움과 거리가 먼 대상에 대해 애매한 표정으로 아름답다라는 표현 외에 다른 단어를 찾지 못하는 경우처럼, 아름다운 그것이 정민의 손바닥 위에 놓였다. 정민은 세심하게 구체에서 흙을 털어냈다. 흰색과 검정색, 은색과 적색이 고르지 않게 분포된 그것을 이리저리 관찰한 정민은 물체가 안구라고 결론을 내렸다. 왼쪽인지 오른쪽인지까지는 알 수 없었지만 사람의 눈이라는 건 확실해 보였다.

"정민 씨, 뭐 해요?" 낙오자를 확인하러 경로를 되짚어온 민형이 물었다.

"아무것도 아니에요. 갈게요." 정민이 대답했다.

정민은 자신의 손바닥 안에서 온기를 되찾기 시작한 안구를 바람막이 주머니에 넣고 강둑에서 기다리던 민형에게로 다가갔다.

"어제 저 때문에 잠을 설치신 건 아니죠?" 정민이 물었다.

"그쪽이 코만 안 고셨어도." 민형이 대답했다.

정민이 깜짝 놀란 얼굴로 반문하려는 찰나, 민형이 웃으며 손을 내저었다.

"농담이에요, 농담."

그날 저녁, 나무를 심은 사람들이 민물매운탕 가게에서 회식을 했다. 소주잔과 맥주잔 들이 오가고 부탄가스통이 교체되고 물이 엎질러지고 행주며 앞치마 따위가 건네지는 동안, 민형이 취나물무침에 젓가락을 가져가며 정민에게 말했다.

"한 번도 먹어본 적 없는 음식을 그리워할 수 있을까요?"

"예를 들어?"

"가리비 무스나 샴페인 젤리 같은 거요."

정민은 잠시 생각했다. 그는 가리비를 먹어본 적이 없었고, 샴페인을 마셔본 적은 있지만 그걸로 젤리를 만든다는 건 몰랐다. 하지만 이상하게도 샴페인 젤리라는 말을 듣자마자 미나리를 씹고 있던 입안쪽이 아려오면서 군침이 돌았다.

"그럴 수 있을지도요." 정민이 말했다.

"역시 그렇겠죠? 오늘 묘목들을 옮기고 흙을 파고 덮고 다지는 동안 문득 앞으로 얼마나 많은 것을 그리워하게 될까 하는 생각이 들었어요."

앞으로 정민은 그리워하지 않았던 것들을 많이도

그리워하게 된다. 하지만 민형의 말을 듣고 있던 그 순간에는 이에 생각이 미치지 않았다. 정민은 철원 쌀로 지었다는 공깃밥을 젓가락으로 헤집다가 잠깐 잊고 있던 바람막이 주머니 속 안구를 떠올렸다. 정민은 잠시 망설이다 민형에게 말했다.

"오늘 눈을 주웠어요."

"눈이라고요?" 민형이 놀란 얼굴로 물었다.

정민은 안구를 꺼내 민형에게 보여주었다. 다른 이들은 이미 불콰해진 얼굴로 거의 빈 매운탕 냄비에 밥을 볶거나 술을 따르고 있었다. "이거 다 드시면 구충제도 잊지 말고 드셔야 해요." "오늘은 술을 마셨으니 내일 먹어야지." "시대가 바뀌었는데 이제 기생충 같은 건 없다니까요." "모르는 소리." 민형은 경미한 충격이 가시지 않은 얼굴로 정민의 손바닥에 놓인 안구를 바라보았다.

"정말로 눈이네요."

"그렇죠."

"한번 만져봐도 될까요?"

정민은 고개를 끄덕였다. 민형은 조심스레 안구를

들어 제 오른 손바닥에 올려놓고 자세히 들여다보았다. 정민은 그 모습을 지켜보았다. 누군가 노래를 부르기 시작했고, 짧은 함성이 울렸고, 정민의 시선이 그쪽을 향했다. 그러다 빛이 있었다. 두부 정도는 가를 수 있을 만큼 정교하고 예리한 섬광이었다. 정민이 빛이 발한 쪽을, 그러니까 민형을 보았을 때, 민형도 정민을 바라보았다. 순간적으로 눈이 부서 식별할 수 없었으나 이내 민형의 이마에 새로 자리한 그것을 알아볼 수 있었다. 검은 홍채에 은색 동공의 눈이 민형의 이마에 박혀 있었다. 민형이 초연한 얼굴로 정민을 마주 보았다. 둘의 시선이 얽히려다 말았다. 정민은 민형의 얼굴 중 어디를 봐야 할지 알 수 없었다.

"이렇게 되었네요." 민형이 말했다.

"어떻게 된 걸까요." 정민이 말했다.

"이제 모든 걸 알게 된 것 같아요." 민형이 말했다. 정민에게는 다소 놀랍게도 체념 어린 말투였다.

"과거의 당신이 무너진 건물 잔해를 내려다보고 있어요. 그것이 보여요. 나는 당신을 보는 동시에 당신이 보는 것을 보고 있어요."

　월요일에 민형은 직접 앞머리를 내고 출근했다.
민형은 치과의사였다. 오전 9시 반, 일하는 건물 앞
횡단보도에서 신호가 바뀌기를 기다리고 있는데 한
아이가 핸드폰으로 누군가와 통화하며 지나갔다.
"할머니가 아이스크림 두 개 사 오랬어." 민형은 저
도 모르게 아이를 보았고, 먼 옛날, 정확히 말하자
면 삼십칠 년 전에, 그러니까 아이가 태어나지 않았
을 것이 분명하던 시절에, 자신이 바라보는 아이가
어느 아파트 단지를 구획하는 돌담장 근처에 자전거
를 세워놓고 철쭉나무 안에 숨어든 개를 꺼내려고 안
달하는 동안 아이의 어머니가 전화를 걸어와 "할머
니가 아이스크림 두 개 사 오랬어"라고 말했고 아이
가 "그럼 세 개 사갈게"라고 대답하는 모습을 보았다.
2009년 5월 13일 오후 4시 27분이었다. 민형이 눈을
감았다 뜨니 신호가 바뀌어 있었다. 아이는 사라지
고 없었다.
　치위생사가 민형의 바뀐 헤어스타일에 주목하며

짧게 인사말을 건넸다. 그 순간에도 민형에게는 과거에 속한 어느 장면이 보였다. 치위생사는 1996년 하반기부터 1998년 초반까지 활동했으나 세기가 바뀌자마자 거의 아무도, 심지어는 단원들 대다수도 기억하지 않게 된 예술조직 단장이었다. 그들의 주된 활동은 낙서였다. 서울 신촌과 홍대 부근 담벼락에 '예술은 죽지 않는다'거나 '예술보다는 술' 따위의 구호들을 스프레이로 쓰다 행인이나 주민들 눈에 띄면 도망치는 것이 거의 전부였다. 민형의 세 번째 눈이 재현하는 장면 속 생에서 이윽고 쉰네 살에 도달한 치위생사가 쉰네 살의 얼굴로 이렇게 말하고 있었다. "아무도 기록하지 않아 다행이었어."

"선생님, 괜찮으세요?" 민형이 맥락 없이 허공을 바라보는 듯했는지 치위생사가 초조하게 물었다.

"네. 잠이 덜 깬 것 같아요."

"오늘 오전에는 예약이 없으니까 잠깐 눈이라도 붙이세요."

"그럴까요."

민형은 안마의자와 간이테이블, 커피머신 따위가

있는 휴게실로 갔다. 그리고 안마의자에 눕다시피 앉아 어제와 오늘 자신에게 일어난 일을 생각했다.

"아무래도 전생 따위를 보게 된 것 같아." 민형이 중얼거렸다. 그러고는 전날 미미한 두려움과 경악 속에 헤어졌던 정민에게 전화를 걸었다.

"제가 볼 수 있는 건 특정할 수 없는 과거의 한두 장면인 것 같아요. 짧게는 몇 초에서 길게는 분 단위로 지속되는 시간의 흐름이랄까, 마주한 사람의 전생으로 짐작되는 어떤 순간들 같기도 하고요." 민형이 말했다.

"당신이 보는 것이 진짜 전생인지 확인할 길이 없다는 게 아쉬워요." 정민이 대답했다.

"마흔여섯 평생 스스로를 유물론자라고 여기며 살아왔는데, 부정하고 싶어도 부정할 수 없다는 게 아이러니예요." 민형이 말했다.

"제가 무너진 건물 잔해를 보고 있다고 하셨잖아요. 어떤 건물인지도 혹시 보셨나요?" 정민이 물었다.

"잔해뿐이었기에 확실히 알 수는 없지만 아마도 방송국이나 체육관, 백화점처럼 커다란 종류의 상업 건물이었을 거예요. 당신 주변에 굉장히 많은 사람이 있었고, 카메라도 많았어요. 잔해 밑에도 굉장히 많은 사람이 있었을 거예요." 민형이 말했다.

정민은 눈을 감고 자신의 전생을 추측해보았다. 그러나 아무것도 보이지 않았다. 정민이 잠시 침묵하는 사이, 민형이 한숨을 쉬었다.

"이제 가봐야 할 것 같아요." 민형이 말했다. 그리고 이렇게 덧붙였다.

"당신에게 아이가 하나 있었네요."

2.

형아는 오늘따라 선생이 말을 더듬는다고 생각했다. 전자칠판의 기본 배경으로 선택된 바둑판 위에 사각형들 몇 개가 배치되어 있고 사각형들 안쪽이나 사이에 'ㅅ'자 몇 개가 그려져 있었다.

"여긴 철, 철물점이라 치, 칩시다." 선생이 말했다. 누군가 손을 들고 기습적으로, 그러나 공격적이라고는 할 수 없는 어조로 질문했다.

"점은 알겠는데, 철물이 뭔지 모르겠어요."

"그, 그러니까 철, 철물점이란⋯⋯." 선생이 말을
하다 말고 침묵에 잠겼다. 형아는 아마 선생도 철물
이건 철물점이건 실제로 본 적은 없을지도 모르겠다
고, 게다가 자신이 철물의 뜻을 막연히 미루어 짐작
하는 것마냥 선생 자신도 사전이라도 찾지 않는 한
확실하게 답을 줄 수는 없을 거라고 생각했다. 선생
이 망설이다 사각형 위에 적혀 있던 철물이라는 글자
를 지우고 빵집이라고 썼다.

"빵집은 다 아시죠?" 확연히 자신만만해진 목소리
였다. 학생들이 웃었다.

"뭘 주로 파나요?"

"비건 바게트요."

"찹쌀떡요."

"산딸기 타르트요."

학생들은 저마다 신이 나서 하나씩 메뉴를 보탰
다. 선생이 슬그머니 미소를 지었다.

"한데 산, 산딸기가 요새 잘 나, 나지 않는다고 하

던데."

"그럼 비싸게 팔아요."

이 말에 모두 크게 웃었다. 해가 사위어가고 있었다. 강의실 창밖에서 풀 깎은 냄새가 났다. 난데없이 헬리콥터 소음이 크게 들려왔다. 선생은 아랑곳없이 계속해서 사각형들을 채워나갔다. 반려동물용품점과 코인세탁소, 노래방과 편의점, 종묘상, 실내 탁구장 등이 적혔다. 그 안이나 사이에 예슬과 은국, 현아, 다케시, 승일 등의 이름들도 적혔다. 형아는 칠판에 조성된 거리를 쳐다보며 우발적으로 벌어지지만 필연적으로 기억되고 마는 사건들을 떠올렸다. 사흘 전, 형아는 콧노래를 흥얼거리며 집에서 도보로 십오 분가량 떨어진 마트에 가고 있었다. 골목을 빠져나와 대로로 진입하려는데 두 여자와 마주쳤다. 여자들은 형아를 재빠르게 훑어보더니 그냥 지나치려는 형아에게 말을 붙였다.

"때가 됐어요!" 한 여자가 말했다.

"심판의 날이 다가와요!" 두 번째 여자가 말했다.

형아는 몸서리치며 그들에게서 벗어나려고 했다.

하지만 그들이 합창하듯 외치는 말에 형아는 순간 결박당하고 말았다.

"그대로 가면 일 년 뒤에 죽어요!" 여자들이 말했다.

아직은 잘 모르겠지만, 형아는 생각했다. 살면서 겪는 어떤 조합들은 굉장한 걸 만들어내기도 하는 것 같아. 마치 뭔가 예지하거나 점지해야만 하는 강박에 시달리게 되어 그럴까. 우리가 사태라고 부를 만한 어떤 것들 말이지. 지진의 전조. 붕괴의 징후. 예컨대 우리는 저 거리에서 무엇을 추론할 수 있을까. 혹은 무엇을 추론해야만 하는 걸까. 선생은 칠판 속 거리를 주제로 다음 주까지 글을 써오라고 했다. 학생들이 가방을 정리하는 소리로 한동안 부산했다. 형아는 얇은 태블릿을 에코백에 넣기만 하고 자리에 앉아 있었다. 다들 강의실을 떠났다. 형아는 시간을 확인했다. 오후 7시 20분이었다.

형아가 강의동 1층으로 내려왔을 때는 날이 저물기 직전이었다. 말 그대로 직전이어서, 형아가 출입문을 지나 학교 본부 쪽으로 난 돌계단을 밟을 때 해가 완전히 사라졌다. 한데 정전이라도 일어난 것인지 가로등도 하나 켜지지 않았다. 형아는 순간적으로 방향감각을 잃은 채 뒤를 돌아보았으나 건물들도 어둠에 잠겨 있었다. 멀리서, 혹은 가까이서 비명이나 욕설이 들려왔다. 형아는 핸드폰에 손전등 기능이 있다는 걸 기억해내고 에코백 안을 더듬었다. 그때 누군가가 세게 밀치는 바람에 형아는 그대로 풀썩 주저앉고 말았다. 죄송합니다, 죄송합니다, 연신 사과의 말이 들려왔지만 어느 쪽을 올려다보고 대답해야 할지 알 수 없었다.

아진이 잠에서 깨어나 어둠 속에서 벽시계를 올려다보았다. 야광 바늘이 오전 5시 11분을 가리키고 있었다. 아진은 다시 베개에 뒤통수를 깊이 파묻으며 눈을 감았다. 방금까지 꾸던 꿈이 불완전하게 선명했다. 어떤 장면들은 만질 수 있을 것처럼 확실했고, 또 어떤 장면들은 너무나 모호해서 전체와의 연결성을 파악할 수 없었던 것이다. 꿈속에서 아진은 졸업 전 익숙하게 드나들었던 강의실에 있었다. 글쓰기 과제를 부여받았고…… 누군가 철물점에 대해 질문했다. 그 후 잠시 흐릿해졌다가 강의실이 있는 건물 1층으로 내려왔는데, 선생과 커피를 마시기로 한 약속이 기억나 학교 본부 쪽으로 난 돌계단 앞에서 기다렸다. 순간 해가 저물었다. 어둠이 완연했다. 순간 선생의 허연 이마가 1층 출입문 앞에 나타났다. 이쪽이에요……. 저 여기 있어요……. 그러나 어째서인지 아진은 입 밖으로 소리를 낼 수 없었다. 다행히 선생이 아진 쪽으로 다가왔다. 아진은 손을 들어 자신의 위치를 표시하려고 했다. 선생님……. 선생이 환하게 웃었다. 어둠 속에서도 그 미소가 보였다. 아진이 손을 들고 폴짝폴짝 뛰었고, 선생이 다가왔고, 선생은 활짝 웃는 얼굴로 아진을 그대로 지나쳐 돌계단을 내려갔다. 오래 기다렸죠……. 아니에요……. 선생은 다른 누군가와 친밀한 대화를 주고받으며 멀어져갔다. 아진은 잠시 망연자실한 채로 서 있었다. 방금 자신에게 벌어진 일을 이해할 수 없었다. 문득 주위를 둘러보자 어둠이 엄연했다. 정전이라도 일어난 것인지 가로등도 하나 켜지지 않았고, 방향감각을 잃은 채로 뒤를 돌아보았는데 역시나 빛이 없었다. 아진은 더듬거리며 돌계단을 내려가기 시작했다. 자신이 눈을 감았는지 떴는지 확인할 길이 없었다. 길면 기차, 기차는 빨라, 빠르면 비행기……. 아진은 노래를 불렀다. 돌연 누군가의 체취가 느껴졌다. 여기 사람 지나가요……. 사람 있어요……. 누군가가 힘없이 외쳤고, 그러자 이제까지 존재하지 않았으나 꿈의 논리에 의해 필연적으로 존재하게 된 이들이 합창하듯 따라 했다. 여기 사람 있어요……. 여기 사람 있어요……. 여기 사람 있어요…….

아진은 눈을 크게 감았다 떴다. 꿈이 조금씩 휘발되면서 잠기운도 물러나기 시작했다. 아진은 머리맡을 더듬어 핸드폰을 찾았다. 어머니가 이미 기상해 있을 시간이었다. 아진이 어머니에게 전화를 걸었다.

"조카는 잘 크고 있어?" 서로의 안부를 확인한 후 아진이 물었다.

"하루하루가 다르지. 그런데 요새 이상한 질문을 자꾸 해서 곤란해 죽겠어."

"뭐라고 하는데?"

"어디 보자……. 할머니, 사랑이 뭐예요? 아니면,

처음 본 사람을 사랑할 수 있어요?"

"그래서 뭐라고 했어."

"크면 알게 된다고 했지. 그런데 어제는 이런 질문까지 하더라. 할머니, 한 번도 본 적 없는 사람을 사랑할 수 있어?"

3.

진주의 등줄기를 따라 땀방울이 흘러내렸다. 하나, 둘, 셋. 진주는 속으로 셋까지 수를 셌다. 버저를 눌러야 했다. 그런데 손이 뜻대로 움직이지 않았다. 다시 하나, 둘, 셋.

"자, 셋, 둘, 하나. 아, 아무도 정답을 맞히지 못한 채 시간이 다 지나갔네요." 사회자가 아쉬운 표정으로 말했다. 방청객들이 탄식했다.

"그러면 바로 다음 문제로 넘어가겠습니다. 출제 범위를 미리 알고 시작하시면 마음이 좀 편하실까요? 이현아 어린이, 만화, 역사, 음식 중에서 무엇을 고르시겠습니까?"

이현아 어린이는 음식을 골랐다. 세 어린이가 마주한 대형 화면 속에 몇 가지 이미지들이 나타났다. 키세스 초콜릿 모양으로 빚은 만두들, 연두색 소쿠리에 담긴 자두들, 토마토와 오이 샐러드. 진주를 포함한 아이들은 도무지 모르겠다는 얼굴로 멍하니 화면을 응시했다. 방청객들 사이에 있던 진주의 어머니가 입술을 깨물었다. 주어진 시간이 모두 지나갔다. 아이들 중 누구도 버저를 누를 기색을 보이지 않자 사회자가 채근하듯 물었다.

"배점을 좀 낮추는 대신 힌트를 드릴까요?"

원재연 어린이가 고개를 끄덕였다. 그러자 이현아와 진주도 고개를 주억거렸다. 잠시 검어졌던 화면에 이내 누군가의 흑백사진이 나타났다. 이현아가 고개를 갸우뚱했고, 진주는 다시 땀을 흘리기 시작했다. 알지만 모르는 사람이었다. 목덜미에 소름이 오소소 돋아났다. 진주는 감히 방청객 쪽을 바라보지도 못했다. 보지 않아도 어머니가 자신을 노려보고 있다는 걸 알았다. 진주는 무심코 팔꿈치 안쪽을 긁

었다. 피딱지가 스튜디오 바닥으로 떨어졌지만 아무
도 그것을 몰랐다. 원재연이 버저를 눌렀다.

"정답은 조지아입니다."

"정답입니다."

그제야 진주는 흑백사진 속 인물이 스탈린이라는
걸 알았다. 그러나 음식 카테고리에서 스탈린과 조
지아를 예상할 수는 없었다. 방청객들 사이에서 탄
성이 새어 나왔다. 이현아가 한숨을 쉬었고, 원재연
은 왜인지 모르게 멋쩍은 듯 눈을 가늘게 찌푸리며
미소를 지었다. 사회자가 세 아이 각각의 점수를 읊
었다. 그러고는 다음 문제로 넘어가기에는 시간이
좀 남았다는 듯 이현아에게 지금까지의 소감을 물었
다. 그러자 이현아가 냉큼 대답했다.

"그런데 토마토와 오이 샐러드는 어느 나라에나 있
는 음식 아닌가요?"

"그런 것이 바로 퀴즈 쇼의 묘미죠."

순간 진주는 이현아가 부러웠다. 그 순발력이, 그
당당함이. 원재연이 만두나 자두도 대부분의 문화
권에서 찾아볼 수 있지 않겠냐며 투덜거렸다. 진주

는 아무 말도 보태지 않았다. 사회자가 난처하다는 듯 웃으며 아이들의 지적 능력에 찬사를 보냈다. 다음 카테고리를 결정할 이는 진주였다. 진주는 만화를 골랐다. 문제는 의외로 간단했다. 〈달려라 하니〉의 주인공 하니의 이름을 한자로 쓰는 것이었다. 하지만 세 아이들은 고심할 수밖에 없었다. 누구도 하니가 누구인지 몰라서였다. 진주는 자포자기한 심정으로 河泥라고 썼다. 주어진 시간이 모두 흘렀다. 놀랍게도 정답을 맞힌 아이는 진주뿐이었다. 사회자가 감탄하며 〈달려라 하니〉를 본 적 있느냐고 물었다. 진주는 본 적 없다고 대답하며 방청석 쪽을 흘긋 바라보았다. 어머니의 얼굴은 보이지 않았다.

"그러면 이번 카테고리 마지막 문제를 드리겠습니다. 역사 문제죠. 이 지역은 장미 품종과 관련이……."

사회자가 말을 마치기도 전에 진주가 버저를 눌렀다. 그러고는 떨리는 목소리로 말했다.

"정답은…… 음…… 정답은…… 튀르키예입니다."

사회자가 복잡한 표정으로 진주를 보았다. 부러

시간을 끌던 사회자는 너무나 안타깝다는 목소리로 오답을 선언했다. 사회자가 말을 이었다.

"아닙니다. 우리 김진주 어린이가 아쉽게도 정답을 놓쳤는데요. 세례자 요한의 무덤이 있는 곳으로도 잘 알려져 있죠."

그러자 이현아가 바로 버저를 눌렀다.

"정답은 다마스쿠스입니다."

"정답입니다. 이현아 어린이가 정답을 맞히면서 1위 자리를 맹렬히 추격하고 있는데요, 다마스쿠스는 사도 바울이 회심한 곳으로도 유명하죠."

진주는 두 눈을 질끈 감고 손등으로 눈꺼풀을 꾹꾹 눌렀다. 속절없이 시간이 흐르고 있었다. 하나, 둘, 셋. 세 문제가 남아 있었다. 세 문제를 전부 맞히더라도…… 아니야…… 마지막 문제 점수가 크니까…… 승산이……. 진주는 생각했다. 승산이 있었다. 아니다. 승산이 없지 않았다. 아니다. 승산이 없었다. 난 끝났어. 진주가 고개를 숙였다.

"좀 쉬운 문제를 드릴까요?" 사회자가 말했다. 방청객들이 소리 내어 웃었다. 진주는 사회자의 하늘색 레이스 블라우스 목깃에 달린 레이스에 시선을 고정했다. 사회자가 발언을 이어갔다. 돌이킬 수 있을까. 돌아갈 수 있을까.

"문제 드리겠습니다. 아이스킬로스가 《오레스테이아》에서 사용했던 개념으로, 독인 동시에 약을 뜻하는 이 말은 무엇일까요?"

시간이 가차 없이 흘러갔다. 훗날 진주는 이 순간을 가끔 생각할 때가 있었다. 애매한 얼굴로 먼 곳을 응시하면서. 3초, 2초, 1초. 진주가 버저를 눌렀다.

카페 앞에서 전자담배를 피우다 가장자리가 갈라진 화분 속 식물을 보게 된 주영 옆으로 낡은 소파를 실은 작은 트럭이 매연을 내뿜으며 천천히 지나갔다. 트럭의 속도는 기껏해야 시속 20킬로미터 정도였지만 파란색 칠이 군데군데 벗겨진 트럭의 전면 유리창이 햇빛을 강렬히 반사하며 지나갈 때 주영은 문득 미래가 육박해오고 있다는 느낌에 사로잡혔다. 한 노인이 손부채질을 하며 지나갔다. 주영은 건너편 한 동짜리 아파트 주차장 출입구 근처에 나동그

라진 자전거와 그 옆을 뒹구는 슬리퍼 한 짝, 그리고 그 광경을 고요히 내려다보는 보안카메라를 차례로 보았다. 그러고는 전자담배를 청바지 주머니에 넣고 다시 카페로 들어갔다.

"요새 자꾸만 이상한 생각이 들어." 카페 안쪽 벽면을 메우다시피 들어찬 서가를 훑어보던 영화가 주영에게로 고개를 돌리며 말했다.

"나도 그런 것 같아."

"세상에 대해 거의 아무것도 이해하지 못한 채로 죽게 된다는 걸 이제야 알게 된 기분이랄까."

"예컨대 아까 주문받던 사람의 찌푸린 표정이나 어제 읽은 책에서 본 향유라는 단어 같은 것, 네 머리끈에 달린 주사위 모양 장식 같은 것들 말이지."

그때 주영과 영화의 테이블 위에서 진동벨이 울렸다. 둘 다 동시에 팔을 뻗었으나 영화가 빨랐다. 영화는 웃으면서 일어나 카운터로 갔다. 영화는 주영이 등지고 있던 카페의 전면유리창을 멍하니 바라보며 가령, 예컨대, 아뿔싸, 아서라 같은 단어들을 떠올렸고, 핸드폰을 꺼내 메모 앱에 그것들을 적었다. 주영이 아이스 아메리카노 두 잔과 마카롱 두 개가 담긴 접시를 쟁반에 받쳐 들고 돌아왔다.

"어제 동동이 데리고 동물병원에 가서 진료를 기다리는데 옆에 한 할머니가 천 가방에 고양이를 넣어온 걸 봤어." 영화가 말했다.

"고양이가 가만히 있었어?"

"응. 그런데 그 할머니가 책을 읽고 있었는데, 프랑스어 책인 것 같았어."

"프랑스어인 걸 어떻게 알아?"

"나야 모르지. 그냥 그런 것 같았어. 물어볼 걸 그랬나?"

둘은 아이스 아메리카노를 한 모금씩 마시고 각자 마카롱에 손을 뻗었다. 조그만 접시 위에서 두 사람의 손이 닿았다. 영화가 조그맣게 웃었다.

"네 건 무슨 맛이야?"

"무슨 맛이게?"

"피스타치오. 내 건?"

"이스파한. 그런데 이거 피스타치오 아니야."

"그러면 와사비 맛인가?" 주영은 잇자국이 난 마

카롱을 접시에 내려놓고 집게손가락으로 아랫입술을 털었다. 분홍색 조각들이 주영의 흰색 티셔츠 위로 떨어졌다. 영화는 피스타치오 맛도 와사비 맛도 아닌 마카롱을 한 입에 털어 넣고 차가운 커피를 마셨다. 주영이 두서없이 꽂힌 책장 속 책들을 둘러보다 말했다.

"우연히 연속적으로 눈에 들어오는 것들이 실은 뭔가 필연적인 걸 말해주는 게 아닐까?"

"모르겠지만 그렇다면 좋을 때가 있긴 하네."

"예컨대 지금 내 눈에 처음 들어온 책은 장정일《삼국지》5권인데, 여기서 어떤 필연을 찾을 수 있을까?"

"글쎄, 네가 삼각관계에라도 걸려드는 건가?"

"피라미드 조직에 빠지게 되는 걸지도 모르지."

영화가 박장대소하며 고개를 저었다.

"여기 커피는 별론데 의외로 마카롱은 맛있네."

"가을에는 밤 맛, 겨울에는 유자 맛이 있대."

"유자 맛은 평범한데."

"진열장에 오이 맛도 있던데, 그것보단 평범한 게 낫겠어."

"모르지. 굉장한 조합일 수도."

둘은 경쟁하듯 굉장한 마카롱 조합들을 말했다. 피망과 딸기, 부추와 커피, 순대와 바닐라. 사과와 물김치. 사과 꼬끄에 물김치 필링에서 웃어버린 주영은 분하다는 듯 닭가슴살 꼬끄에 소주 필링은 어떠냐고 응수했다. 영화가 손사래를 치다 말했다.

"이렇게 평생 지낼 수 있을까?"

"네가 할머니 되어 동동이 데리고 병원 갈 때 나도 같이 갈게."

"병원에 갈 일이 없어야지."

"갈 일이 생기겠지."

둘은 말없이 커피를 마셨다. 주영이 이제 가봐야 겠다고 말했고, 영화는 고개를 끄덕였다. "와, 여기 책 많다." 중학생 정도로 짐작되는 남자아이 목소리가 카페 구석에서 들려왔다. "너 《데미안》 읽어봤어?" "그게 뭔데." "막 알을 까고 나오는 얘기야." "그게 무슨 미친 소리야." 주영과 영화가 자리에서 일어났다. 주영의 티셔츠 위로 커피 컵 표면에 응결되어 있던 물방울들이 조금 흘러내렸다. 마카롱 가루들은 어느새 보이지 않았다. 영화와 주영은 카페 앞에서 헤어졌다. 주영은 영화의 뒷모습을 잠시 바라보았다. 긴 머리카락을 하나로 느슨히 묶은 머리끈에 달린 주사위 장식을 보려고 했지만 그것은 진작부터 보이지 않고 있었다.

문득 세 번째 눈에 눈꺼풀이 없다는 사실을 새삼 깨달은 민형은 눈 위에 반창고를 붙이고 종일 일했다. 충치에 아말감을 다져 넣고 잇몸약을 처방하고 아우성치는 아이를 달래고 석션을 쥐었다 내려놓기를 반복한 끝에 퇴근할 시간이 되었다. 가운 대신 재킷을 걸치고 엘리베이터를 타고 내려와 치과가 있는 건물 앞 횡단보도에 선 민형은 이마에 내내 붙어 있던 반창고를 뗐다. 그러자 다시 모든 것이 보이기 시작했다.

누군가가 인천공항 제3터미널에서 오후 2시 40분에 출발하는 로스앤젤레스행 비행기를 놓칠까 봐 보안검색대에서 전전긍긍하고 있었다.

누군가가 당산역 이삭토스트 옆을 지나며 친구에게 닭갈비 구이를 먹으러 가자고 말하고 있었다.

누군가가 장미가 만발한 담벼락 앞에서 포즈를 취하고 있었다. 그런데 이상하게도 활짝 웃는 얼굴과는 달리 양 손바닥에 땀이 흥건하게 고여 있었다.

누군가가 무너진 건물 잔해가 내려다보이는 또 다른 건물 옥상에서 다른 이들의 고함 소리를 들으며 울고 있었다. 그러자 민형이 원래 지닌 두 눈에서도 저도 모르게 눈물 줄기가 흘러내렸다.

누군가가 손목시계를 들여다보며 중얼거렸다. 아파, 발목이 너무 아파.

누군가가 꽉 막힌 도로에서 앞차를 멍하니 바라보고 있었다. 앞차는 조그만 트럭으로 짐칸에 피아노 한 대가 실려 있었고 번호판 위에 피아노 삽니다, 라고 적혀 있었다.

누군가가 고속도로 갓길을 따라 걷고 있었다. 위험해, 민형은 무심코 생각했다. 잡풀이 무성히 자라난 갓길에서 가느다란 뱀 두 마리가 빠르게 움직이고 있었다.

누군가가 찬 축구공이 기이한 포물선을 그리며 골대 쪽으로 날아갔다. 그 장면은 다음 장면으로 이어지지 않았다.

누군가가 서랍을 열고 원액이 거의 날아가 바닥에 찌꺼기만 남은 향수병을 꺼내 코를 대고 킁킁거렸다.

누군가가 개를 데리고 산책하는 사람 옆을 지나치며 개에게 눈길을 주다 정면에서 질주해오는 자전거에 치일 뻔했다.

누군가가 바나나를 한 입 베어 물며 오후 10시까지 영업하는 슈퍼마켓에 들어서려다 제지를 당해 항의했다.

누군가가 떠들썩한 맥줏집에서 같은 테이블 동석자에게 플랫폼에 귀속된 예술가들은 노동자들이라고 말했고 동석자는 이의를 제기했다.

누군가가 잠실 한강공원 수상택시 승강장에서 한강의 흐름을 지켜보다 왼쪽으로 고개를 돌렸고 강둑 근처에 아무렇게나 놓인 오리배들을 보고 기억나지 않는 추억에 사로잡혔다.

누군가가 파란불이 점멸하기 시작한 횡단보도에

성급히 뛰어들었다가 더 성급하고 무책임한 운전자가 모는 승용차에 치여 기이한 포물선을 그리며 떠올랐다. 민형은 그의 의식이 꺼지는 소리를 들었다. 그렇다는 생각이 들었다.

누군가가 연두색 도마 위에서 김치를 썰다가 거실에서 자신을 부르는 소리에 건성으로 대답하다 문득 자신의 결혼생활이 완전히 끝났다는 걸 깨달았다.

누군가가 주차장에서 또 다른 누군가를 기다리며 발을 동동 구르고 있었다. 순간 주차장의 모든 전등이 꺼졌다. 정전이었다. 엘리베이터가 멈추었고, 환기팬도 동작하지 않았다. 센서로 움직이는 출입문도 꿈쩍하지 않았다. 마침 주차장으로 진입하던 차 한 대가 있었다. 기다리던 이는 전조등 불빛에 잠시 앞이 보이지 않았다. 전조등을 켠 차가 생각했다. 내가 신이다……. 내가 왔다…….

누군가가 팔고 남은 살구 타르트를 종이 상자에 신중히 넣었다.

누군가가 테헤란로 왕복 10차로에서 무단횡단을 감행하는 바람에 수십 대의 차량이 저마다 경적을 울렸다. 마지막 한 차선을 남겨두고 그는 갑자기 멈춰 섰다. 분노한 운전자가 그에게 폭풍 같은 경적을 울리다 급기야는 차창을 내리고 욕설을 퍼부었다. 그는 미동하지 않았다. 그는 생각에 잠겨 있었다. 돌아갈까, 어디로?

녹색불이 켜졌다. 민형이 천천히 횡단보도를 건너기 시작했다. 그때 치위생사가 며칠 전 했던 말이 기억났다. "선생님, 백 년 뒤에도 치과 의자는 비슷한 형태로 존재할까요? 치과 의자가 문명의 첨단인 건 아닐까요?"

그날 민형의 대답을 우리는 알 수 없다.

이스파한, 이라는 단어를 처음 들었을 때가 기억이 난다. 입술을 양옆으로 가느다랗게 움직였다가 벌어지며 파열음이 이어지고 마침내 한숨을 내뱉듯 따라 나오는 음절로 이루어진 말의 뜻을 그때는 알지 못했던 것 같다. 이스파한이 지명이며 장미와 산딸기, 리치 따위의 재료로 만들어지는 디저트의 일종이라는 건 후에 순차적으로 알게 되었다. 그 이국적이고 낯선 조합이 내내 궁금했다.

이 이야기에는 여러 인물이 순차적으로 등장한다. 살면서 날마다 마주치는 이상한 조합들에 눈길을 주는 이들이다. 당신도 나처럼 그것들이 궁금하다면 좋겠다.

Jelly

모든 당신의 젤리

박
소
희

INTRO

어디선가 속삭이는 소리를 들었다.

어둠 속에 앉아 있던 그 사람은 주변을 둘러봤다. 조조 영화관은 한산했다. 멀찍이 떨어진 자리에 관객 두 명이 더 있을 뿐이다. 그 사람은 다시 스크린을 바라봤다. 화면에선 가을 햇빛이 주인공의 어깨를 밝히고 있었다.

있잖아, 있잖아…….

이번에도 목소리가 들렸다.

아까보다 좀 더 힘줘서 속삭이는 소리였다. 그 사람은 손을 가져가던 젤리 봉지 안을 무심결에 들여다봤다. 영화가 시작하면서부터 심심풀이로 먹고 있던 곰돌이 모양 젤리. 어떤 젤리와 눈이 마주쳤다. 젤리와 눈을 마주치다니, 이상하다고 느끼면서도 그 사람은 그렇게 생각했다. 마주친 젤리를 집어 올렸다. 스크린을 건너와 쏟아진 햇빛으로 젤리가 맑게 빛났다.

투명한 연둣빛 몸으로 젤리가 말했다.

이렇게 만나게 돼서, 정말 너무 기뻐.

그러니까, 이 상황을 받아들여야 해. 너는 애써 그렇게 생각했다. 하지만 그리 잘 되진 않았다. 갑자기 튀어나온 주황색 곰 젤리가 눈앞에서 바들바들 떨고 있었으니까. 주황색 젤리는 애처로울 정도로 떨었다. 소파 테이블 위에 스스로 서서.

차라리 빨리 날 먹어줬으면 좋겠어……

아까부터 기도하듯이 웅얼거리는 말은 들릴 듯 말 듯했다. 아무리 봐도 어서 먹히고 싶은 태도 같아 보이진 않았다.

젤리로부터 한 걸음 물러나 있던 네가 물었다. 진심이야?

너는 맥주를 한 캔 마신 참이긴 했지만 겨우 이 정도 술로 헛것을 볼 리는 없었다. 게다가 아직 저녁 8시도 안 된 시간이었다.

그러니까, 너는 젤리인데, 말도 하고, 움직이기도 하는 것 같네.

너는 생각을 정리하며 내뱉었다. 젤리는 천천히 고개를 끄덕였다.

알겠어……. 널 먹진 않을게.

너는 조심스럽게 손을 뻗어 젤리 봉지를 거꾸로 쏟았다. 이상한 젤리는 이 주황색 하나뿐인 듯했다. 봉지를 뜯자마자 주황색 젤리가 튀어나온 탓에 너는 아직 젤리를 하나도 먹지 못했지만, 더 먹을 생각은 들지 않았다.

나한테도 받아들일 시간이 필요해. 조금만.

주황색 젤리 위로 빈 유리컵을 뒤집어 덮으면서 네가 말했다.

한 시간쯤 뒤에야 너는 격리했던 유리컵을 치웠다.

젤리에 따르면, 젤리는 원래 사람이었다.

췌장암 말기 환자. 46세 여성. 올해 47세가 돼야 했지만 되지 못하고 작년 9월에 사망했다. 그러나 죽기 전에 젤리가 되길 선택한 덕에 새해를 맞이할 수 있었다.

분열 작업은 사망이 임박할 때까지 기다렸다가 진행됐다. 죽기 직전에 의식을 복사해서 한 사람의 정신을 젤리 사백 개에 똑같이 옮겨 심었다. 젤리들은 분열 당시까지의 의식을 동일하게 받았지만, 분열 이후부터는 각자의 경험에 따라 각기 다른 삶이 축적되어나갈 거였다.

인간의 경험과 내면을 사물로 옮기고, 그 사물이 움직이기까지 한다는 모든 얘기가 너는 아무래도 믿어지지 않았다.

한동안 너는 생각에 잠겨 있었다.

네 말은, 그니까 네가 삼백구십구 개나 더 있다는 거지?

맞아.

다른 젤리들은 어디 있는데?

그건 나도 모르겠어. 뿔뿔이 흩어졌으니까. 우린 공장에서 각자 다른 봉지로 헤어졌어.

젤리는 덧붙였다.

헤어지든 어떻게 되든, 아픈 몸보다야 나을 것 같았어. 아프고 나서부터 나는 전부 다 너무 억울했거든.

그 말에 너는 투병하다 돌아가신 할아버지를 잠시 생각했다. 할아버지가 숨이 멎기 직전에 간절히 삼키던 마지막 들숨도 떠올렸다.

억울해도 죽음을 받아들이지 않고 꼭 젤리가 돼야만 했어? 사람은 누구나 죽을 수밖에 없잖아.

있잖아……. 나는 병에 패배하듯이 삶을 끝내고 싶진 않았어. 그저 병 없는 몸으로 조금만 더 살아보고 싶었어. 진짜 조금만 더. 죽는 게 무서워서 피하려고 이걸 선택한 건 아니야.

그게 어떻게 안 무서울 수 있어. 아까는 그렇게 바들바들 떨었으면서.

먹혀서 죽는 게 두려운 건 아니었어. 젤리가 되기 전엔 미처 몰랐어, 사람이 이렇게 커다란 줄은. 너무 크니까 좀 무서워.

어차피 금방 먹혀서 죽을 텐데⋯⋯.

젤리는 짧은 팔을 움직여 자기 몸을 만졌다.

그저 조금만 더 살면 만족할 수 있을 것 같았어. 작고, 금방 먹힌다 해도 난 지금이 좋아. 말랑말랑하고 부드러워. 이런 태도로 살아본 적이 한 번도 없는 것 같아.

어둡지 않은 목소리로 젤리는 그런 얘기를 했다.

저 말이 모두 사실이라면 대체 어떤 삶을 살았던 걸까. 너는 복잡한 기분으로 젤리를 바라봤다.

그래도 사백 개씩이나⋯⋯. 욕심도 많다.

젤리는 어쩔 수 없다는 듯이 말했다.

나는 내가 최대한 다양한 삶을 살길 바랐거든. 가능한 한 많은 사람을 만나면서.

젤리는 만족스러운 숨을 내쉬었다.

그나저나, 사람이랑 대화하니까 너무 좋다. 넉 달 만이야.

너는 생각을 멈추고 자리에서 느리게 일어났다. 그러곤 맥주를 한 캔 더 꺼내왔다. 놀란 마음을 좀 누

그러뜨릴 필요가 있었다.

소파로 돌아와 앉으면서 너는 그려봤다. 겨울 방학 동안 선생님이 이런 일을 겪었다고 들려주면 과연 믿는 학생이 있을까. 아이들은 시시하고 이상한 농담이라고 생각할 거다. 새해가 됐으니 자기들도 벌써 아홉 살이라고, 그런 허무맹랑한 얘기를 믿을 나이는 지났다면서 조금 우쭐할지도 모른다. 그 표정을 상상하자 피식 웃음이 났다.

맥주 나도 되게 좋아했는데.

젤리가 말했고 너는 캔을 땄다.

버스 창밖으로 희디흰 풍경이 지나갔다. 너는 눈이 그친 도시를 내다봤다. 너의 목도리 틈에 몸을 파묻은 젤리도 같은 풍경을 하염없이 바라봤다. 오전 햇빛이 눈의 표면을 얕게 반짝였다.

너는 젤리가 목도리에서 떨어지지 않게 조심하면서 버스에서 내렸다. 그리고 눈으로 덮인 흰 길을 걸어갔다. 아직 9시가 되지 않았다. 봉안당 운영 시간이 될 때까지 너는 겨울 볕을 쬐며 주변을 걸었다. 걸음을 뗄 때마다 눈 밟는 소리가 났고, 젤리는 그걸 가만히 들었다.

오늘 이른 아침에 너는 잠에서 깼다. 아직 동도 트지 않았지만 눈을 뜨자마자 젤리를 확인했다. 젤리는 잠들기 전과 다를 바 없이 있었다. 네가 덮어둔 유리 샐러드 볼이 마치 돔형 집이라도 되는 것처럼 편안해 보였다. 두 겹으로 깔아뒀던 손수건 사이에서 젤리가 고개를 내밀었다.

여기 되게 아늑하다.

너는 결심했던 말을 꺼냈다.

궁금해, 사람이었던 네 모습.

그렇게 이곳에 왔다.

목도리 안에서 젤리가 일러주는 위치로 너는 갔다. 여전히 조금은 반신반의한 마음으로 안치단 앞에 섰다. 거기서 너는 유골함에 쓰인 이름과 날짜를 봤고, 사진을 봤고, 그 옆에 놓인 젤리 봉지를 보았다. 어제 먹으려던 것과 같은 제품이었다.

가족은?

아무도 없어.

친척도?

있긴 한데, 어릴 때부터 워낙 안 보고 살아서.

그럼 친구들은? 네가 이렇게 된 걸 알고 있어?

장례식을 치렀으니까 죽은 건 알지. 여기 안치된 걸 보면 잘 치러진 것 같네. 젤리가 된 건…… 글쎄, 알면 많이 놀라지 않을까.

그럼 죽기 전에 혼자 다 준비했겠다. 장례 절차며 비용 같은 것도.

그랬지. 이 자리는 십오 년 임대로 분양받았어.

너는 사진 속에서 희미하게 웃고 있는 여자를 다시 눈에 담고 나왔다.

젤리가 원해서 추모 공원 벤치 위에 잠시 내려줬다. 젤리는 벤치에 소복이 쌓인 눈 위를 걸어봤다. 집중해서 들으면 눈 밟는 소리가 아주 조그맣게 들렸다.

너는 근처 자판기에서 따뜻한 캔 커피를 뽑아왔다. 젤리가 원하는 만큼 충분히 걷고 난 뒤 캔 커피를 몸에 가까이 가져다 대줬다.

혹시 너무 가까워?

이 정돈 괜찮아. 따뜻해. 좋다 정말.

감각도 다 느껴져?

아무래도 많이 무디긴 해, 젤리 몸이니까. 그래도 조금은 느낄 수 있어.

캔 커피 옆에 서서 젤리는 한동안 말이 없었다. 생각에 잠긴 것 같아 보이는 젤리를 너는 가만히 기다려줬다.

있잖아, 오랫동안 고민해온 일이 있는데, 네가 좋은 사람인 것 같아서…… 괜찮다면 부탁을 하나만 해도 될까.

느린 말소리였다. 너는 그쪽으로 몸을 기울였다.

아플 땐 삶을 제대로 돌아볼 여유가 없었어. 통증에, 억울하다는 생각에 잡아먹혀선 병 말고는 아무것도 안 남아 있었고……. 그런데 이렇게 몸에서 벗어나고 나니까 뒤늦게 정말 후회되는 일이 있어.

젤리는 멈췄다가 마저 말했다.

어떤 사람한테 꼭 하고 싶은 얘기가 있는데, 그 말을 못 했어. 그 사람한테 같이 가줄 수 있을까?

젤리는 얘기하는 내내 땅을 내려다보고 있었다. 너는 젤리가 지금 용기를 내고 있다는 걸 알 수 있었다.

너는 생각했다. 젤리가 지금은 비록 사람이 아니지만, 그래도 사람이었던 존재니까. 그 정도 부탁은 들어줄 수 있을 것 같다. 게다가 지금 젤리를 도울 수 있는 사람은 오직 자신밖에 없으니까. 그래, 너무 멀지만 않다면.

가서 악담 같은 걸 하려는 건 아니지?

너는 부러 짓궂게 말했다. 젤리는 고개를 들어 자신에겐 광활한 눈밭을 바라봤다.

사과하고 싶어. 그때 아주 미안했다고.

캔 커피는 아직 온기가 남아 있었다. 너는 젤리와 커피를 두 손으로 감싸 쥐고 다시 걷기 시작했다.

추모 공원 출입구를 빠져나왔다. 손을 잡고 들어오는 어린 여자아이와 노신사를 지나쳐 너는 걸었다.

젤리는 책 계단 위에 걸터앉아 있다. 바닥에서 소파 테이블까지 네가 얇은 잡지들을 비스듬히 쌓아 올려 만들어준 계단이었다. 책이 쓰러지지 않도록 아래엔 하드보드지를 덧댔다. 예전에 수업 준비를 위해 사둔 하드보드지였다.

너는 젤리가 알려준 SNS 계정을 보고 있었다.

계정 주인은 이십대 초반쯤 되어 보이는 여자였다. 얼굴이 까무잡잡하고 웃을 때 눈이 작아지는 사람. 누구인지 물어도 젤리는 확실히 답해주지 않았다.

그냥, 많이 미안한 사람.

여자는 소소한 일상을 자주 공유하는 편인지 게시물이 많았다. 예전 게시물로 거슬러 올라가며 확인하던 너와 젤리는 같은 사진에서 멈췄다.

젤리가 있는 사진. 곰 젤리 다섯 개를 손바닥 위에 올려놓고 찍은 사진이었다. 다섯 가지 맛 곰 젤리가 하나씩 있었다. 네가 먹으려고 했던 바로 그 제품이었다.

혹시 너 같은 젤리도 저 중에 있을까?

사진이 올라온 건 작년 11월 중순, 시기로는 가능성이 있었다.

너와 젤리는 사진을 확대해가며 유심히 봤다. 어느 편의점에 들어가도 있는 흔한 제품이니 이 젤리를 먹는 게 특별한 일은 아니었다. 그렇지만 혹시 표정이 조금이라도 다른 젤리가 있진 않은지, 팔다리 자세가 다르진 않은지 너와 젤리는 자세히 봤다.

사진만으로는 잘 모르겠어…….

좀 더 봐봐.

너는 이어 말했다.

한 사람이었는데, 서로 알아보는 방법은 없어? 텔레파시처럼 너희끼리 소통 같은 건 안 되는 거야?

불가능해. 분열된 뒤부터는 완전히 별개의 존재들이야.

그래도 너는 쉽게 포기되지 않아 모든 게시물을 살살이 보았다. 하지만 별다른 소득은 없었다. 먹은 것, 간 곳, 만난 사람들. 대체로 평범했다.

모든 게시물을 훑으며 알게 된 바는 여자는 올해 스물세 살이 되었고, 세무회계학과를 졸업했고, 작년에 졸업하자마자 취직해서 회계사무소에서 근무하고 있다는 것 정도였다. 여자가 자주 가는 동네 카페 한 곳을 알아내기는 했다.

젤리는 9월 이후에 올라온 게시물들은 눈여겨봤지만, 그 이전에 올라온 것은 보지 않았다. 입원해 있을 때 매일같이 봐서 더는 보지 않아도 된다고 했다.

죽음에 가까워지는 와중에도 매일 떠올리게 되는 사람. 그게 대체 어떤 마음일지 너는 짐작되지 않았다.

젤리가 일어나 계단을 오르며 말했다.

내리다 보면 재작년 봄에 올라온 사진이 하나 있어. 단골 카페의 연갈색 나무 테이블이 보이고, 아마 과제 하다가 노트북을 찍어 올린 것 같아. 꺼진 노트북 화면에 그 애가 흐리게 비쳐. 옆엔 전공 책이랑 필통이 있고, 그 옆에 젤리 봉지도 있어. 봉지는 거의 끄트머리만 나오긴 했지만.

너도 본 사진이었다. 하지만 젤리 봉지는 보지 못했었다. 다시 보니 그제야 봉지가 아주 조금 걸쳐 있는 게 보였다.

그 사람이 이 곰 젤리를 유독 좋아해? 그래서 일부러 이 젤리가 된 거야?

어떤 사물이 될지 백이십여 개가 넘는 후보 중에서 고를 수 있었다던 젤리의 말을 너는 기억했다. 인간에게 상해를 끼칠 가능성이 낮은 사물로 구성된 후보 품목 중에서 하나를 고르고 나면, 그 뒤의 세부 종류는 원하는 걸로 택할 수 있었다. 곰 젤리가 될 수도 있고 하트 모양 젤리가 될 수도 있었다. 소파 테이블에 다다른 젤리는 대답하지 않고 샐러드 볼 아래로 들어갔다. 편하게 드나들 수 있도록 샐러드 볼 한쪽에 책을 받쳐둔 집이었다. 안에 넣어둔 충전식 손난로는 여전히 온기를 내고 있었다.

젤리는 조금 뒤에야 말했다.

나는 그 사진이 제일 좋았어.

네가 보기엔 그저 평범한 사진이었다. 사진을 골똘히 보던 너는 그래서 물었다.

정말 누구야? 혹시 가족이야?

아니…… 어쩌면 가족이 될 수도 있었던 사람.

젤리는 손수건 사이로 들어갔다. 더 말하고 싶지 않은 것 같았다.

너는 여자에게 어떻게 메시지를 보낼지 한참 고민하다 입력했다.

젤리에 대해서 드릴 말씀이 있어요.

왠지 이 말이라면 답장이 올 것 같았다.

여자는 낯선 너의 계정을 확인해볼 테고, 그렇다면 일은 어렵지 않게 풀릴 수도 있다. 계정을 조금만 훑어봐도 여자는 네가 초등학교에서 아이들을 가르치고 있다는 사실을 알 수 있을 것이다. 너는 사적인 정보를 추측할 수 없는 선에서 그 사실을 넌지시 드러내는 편이었다. 학교에서 아이들을 지도하는 교사, 그 직업은 때로 비교적 쉽게 신뢰를 얻는 방법이 되기도 했다.

답장이 오길 기다렸다. 사과, 진심을 전하는 것, 그런 좋은 일에 보탬이 되고 있다는 사실이 너는 은근히 마음에 들었다.

너는 약속 시간보다 삼십 분 일찍 도착했다. 여자가 사는 동네 인근 카페였다. 계정에서 봤던 단골 카페는 아니었다. 이곳은 대화하는 사람이 많아 활기가 있는 편이었다.

목도리 틈에 두기에는 젤리가 너무 눈에 띌 것 같았다. 하지만 젤리가 너와 그 사람의 대화를 들을 수 있고, 젤리의 말 역시 네가 들을 수 있어야 했다. 너는 입고 있는 셔츠 앞주머니로 젤리를 옮겨봤다.

심장 소리가 너무 크게 울려!

젤리가 작게 외쳤다. 너는 속삭였다.

그럼 어떡하지? 이어폰처럼 귀에 살짝 걸쳐볼까?

머리카락을 내려 가리면 될 것 같았다. 하지만 젤
리는 고개를 저었다.

일단 화장품 파우치 안에 넣어 테이블 위에 두기로
했다. 지퍼를 열어두고 방향만 잘 조절하면 젤리가
바로 노출되진 않을 것 같았다.

너는 주변을 둘러봤다. 이쪽에 관심을 두는 사람
은 없었다. 대화에 열중하거나 각자 무언가를 보기
바빴다.

파우치 안에 몸을 숨긴 젤리가 너를 작게 불렀다.

이렇게 다정한 너를 못 만났다면…… 나는 절대 여
기까지 못 왔을 거야. 고마워.

만족감이 네 안에서 갓 구운 빵처럼 부풀어 올랐
다. 따뜻하다, 배려심이 많다, 이타적이다, 너는 어릴
때부터 그런 평을 받는 순간이 가장 좋았다. 자신이
그런 사람이길 항상 원했다.

작은 목소리가 마저 들렸다.

잊지 않을게. 나도 언젠가 네 부탁을 꼭 들어줄게.

그 말만으로도 너는 이미 충분했다.

오후 2시. 네가 연하늘색 불투명한 하늘을 바라보고 있을 때 그 사람이 들어왔다.

상상했던 것보다 키가 컸다. 그 사람은 혼자 있는 너를 알아보고 자리에 와서 앉았다. 뺨에 앳된 티가 아직 가시지 않은 그 사람이 먼저 말문을 텄다.

도움이 필요하다고 하셨죠.

너는 그렇다고 했다.

특별한 도움이 필요하다기보다는, 이런 일이 난생 처음이어서…… 만약 비슷한 일을 겪은 분이 있다면 만나보고 싶었어요.

네가 메시지를 보냈을 때 그 사람은 읽고도 답이 없었다. 그러다 다음 날에야 답장이 왔고 오늘로 약속이 잡혔다. 너는 조금 특이한 젤리를 알게 되었는데, 도움을 구할 데가 없어서 정보를 찾다가 당신의 사진을 보게 됐다고 그 사람에게 답장을 보냈었다. 만나서 이야기를 나눌 수 있겠느냐는 제안에 그 사람이 더 질문하지도 않고 응했을 때 너는 의아했다. 그 사람이 혹시 특별한 젤리에 대해 이미 알고 있는 걸까.

너는 젤리에게 말했었다.

어쩌면 다른 젤리가 너보다 먼저 그 사람을 찾아갔던 걸까? 네가 찾아가기로 마음먹은 것처럼.

젤리는 그럴 수도 있을 것 같다고 대답했다. 사과하는 게 좋은 일인지 갈등하던 와중에 자신이 젤리가 되었으니, 가능한 일일 것 같았다. 혼재하던 마음이 나중에 각각 어떤 방향으로 뻗어나갔을지는 자신조차 알 수 없는 일이었다. 젤리들은 이제 각자의 마음으로 각자의 선택을 할 테니까.

너는 파우치에 눈길을 줬다. 그늘에 가려서 젤리가 잘 보이진 않았다.

젤리인데, 젤리가 아니기도 해요…….

네가 목소리를 낮추며 말했다. 그 사람이 다시 너를 봤다.

처음엔 아무래도 놀라죠. 저는 극장에서 영화를 보다가 만났는데 엄청 놀랐어요. 제가 좀 봐드릴까요? 지금 젤리랑 같이 있으세요?

너는 고개를 끄덕였다. 파우치를 더 열고는 젤리에게 손짓했다. 걸어 나오는 젤리를 다른 테이블에서 보지 못하게 손으로 슬쩍 가렸다.

밖에 나온 젤리는 그 사람에게서 눈을 떼지 못했다.

침묵이 흘렀다.

왜 그래.

네가 속삭이자 그제야 젤리는 잠시 잊었다는 듯 다시 움직였다. 그 사람을 향해 짧은 팔을 들어 흔들었다. 그저 손만 천천히.

주황색이네요.

젤리를 본 그 사람의 첫 마디였다.

젤리도 조심스럽게 입을 뗐다.

혹시, 내가 누군지 알고 있어요?

그 사람은 잠시 생각하고는 대답했다.

젤리요. 한 사람이 젤리 여러 개가 됐다고 했어요. 제 젤리가 들려준 적 있어요.

이름도 들은 적 있어요?

그건…… 그러고 보니 물어본 적이 없네요.

젤리는 느리게 고개를 끄덕이고 다시 말이 없었다.

젤리와 그 사람은 서로를 바라보고, 너는 그런 그들을 바라보았다.

그 사람이 말했다.

제 집에 잠깐 가서 더 얘기하실래요? 사실은 제 젤리가 사라져버렸거든요.

모두 함께 언덕을 올랐다.

조용한 주택가였다. 희미한 입김을 흘려보내며 너와 그 사람은 걸었다. 그 사람이 반걸음쯤 앞서갔다. 젤리는 둥글게 감싸 쥔 너의 두 손 안에 있었다.

건조한 공기 속에서 너는 오늘은 날이 그리 춥지 않다고 생각했다. 길가엔 눈의 잔흔이 얼룩처럼 지저분하게 남아 있었다. 걸으며 네가 그것들에 잠시 눈길을 주고 있을 때였다.

제 젤리는요, 연두색이었어요.

그 사람이 어느 주택 현관 앞에서 걸음을 멈췄다. 구옥 연립이었다.

왜 사라졌는지 이유를 모르겠어요. 제가 많이 좋아했는데.

그렇게 중얼거리듯 말하고 그 사람은 얼마 안 되는 계단을 올라 문을 열었다. 집은 1층이었다.

너는 잠시 문을 바라보다 들어섰다. 젤리도 궁금해할 것 같아서 손을 열어 집을 보여준 뒤였다.

전 여기 살아요.

목소리에 어쩐지 수줍음과 자부심이 섞여 있어서 너는 그 사람이 독립한 지 얼마 안 되었나 보다 생각했다.

부엌 겸 거실과 방 하나로 이뤄진 아담한 집이었다. 곳곳을 살뜰히 돌본 티가 나서 그런지 낡은 느낌이 많이 묻어나진 않았다. 싱크대와 방문의 흰색 페인트는 어쩌면 직접 칠했는지도 모른다. 창틀은 오래되지 않아서 겨울에도 외풍이 심하진 않을 것 같다. 젤리는 그런 것을 꼼꼼히 보았다.

드디어 혼자만의 공간을 갖게 됐구나, 예전의 넌 절대 그럴 수 없었는데······.

젤리가 입속말로 중얼거렸다. 네가 되묻자 젤리는 그저 고개를 저었다.

그 사람은 젤리에게 집을 자세히 봐달라고 했다.

연두색 젤리가 어디로 갔는지 모르겠다면서.

아직 집 어딘가에 있는데 제가 못 찾는 걸까요?

그 사람은 냉장고 뒤며 장롱 아래처럼 연두색 젤리가 있음직한 곳을 샅샅이 뒤졌었다. 하지만 찾을 수 없었다. 한 달 전, 12월 하순의 일이었다.

제 젤리는 독립적인 편이었어요. 제가 퇴근하고 와도 어디선가 조용히 자기 할 일을 하고 있곤 해서, 그날도 없어진 걸 바로 알아채진 못했어요. 워낙 작아서 눈에 잘 띄지 않기도 했고요. 가끔 젤리가 텔레비전을 보다가 왔어? 하면서 맞아줄 때도 있긴 했지만, 보통은 그러지 않았거든요. 제가 만들어준 접시 수영장에서 혼자 수영하고 있기도 하고…… 화분 위에서 자다가 뒤늦게 일어나서 나올 때도 있었어요. 몸에 흙을 묻히고서요.

그 사람은 잠시 멈췄다 말했다.

젤리가 흙냄새 맡다 잠드는 걸 좋아했거든요. 몸 쓰는 것도 좋아했어요. 마음껏 몸을 움직이고 있으면 자기 자신을 되찾은 걸 확인하는 기분이라고요. 췌장암으로 투병하는 동안엔 자신을 계속 잃어가는 느낌이었대요.

책상에 작은 셀로움 화분과 수영장으로 썼다는 접시가 여전히 놓여 있었다.

너는 연두색 젤리에 관해 묻고 싶은 게 많았다. 젤리도 아마 마찬가지일 터였다. 그렇지만 너와 젤리는 우선 집 곳곳을 함께 찾아봤다. 너는 젤리를 손바닥 위에 올리곤 의견을 물으며 샅샅이 뒤졌다.

하지만 젤리의 시선으로도 보이지 않았다.

젤리가 말을 꺼냈다.

왠지 집 안에 있을 것 같진 않아요. 만약 나라면 떠나면 떠났지 이렇게 숨진 않을 것 같아요. 그 젤리가 어떤 마음이었는지는 저도 알 길이 없지만…….

젤리는 마저 말했다.

창문. 책상 앞 창문은 열려 있었어요?

항상 조금 열어뒀어요. 바깥바람 쐬는 것도 젤리가 좋아해서요. 밖으로 나간 거라면, 아무래도 저기겠죠?

젤리도 동의했다. 저 창이 아니라면, 책상에서 떨어져 바닥으로 내려왔다 해도 나갈 길이 별로 없었다. 현관문 아래로는 몸이 빠져나갈 만큼 틈이 되지 않는다. 화장실 하수구까지 가서 안으로 뛰어든 게 아니라면, 창문일 거였다.

사십칠 일이나 함께 지냈는데 사라지기 전에 아무런 얘기도 없었어요. 그 작은 몸으로 대체 어디로 떠나버린 걸까요.

그렇게 말하는 목소리가 쓸쓸했다. 너는 그 사람이 외로움이 많은 편일 수도 있겠다고 생각했다.

무력감 속에 모두 한동안 앉아 있었다.

시간이 흘렀다. 젤리가 머뭇거리며 무언가 말하려는 기색을 보였다. 너는 드디어 그 얘기를 꺼내는 젤리를 가만히 주시했다.

사실…… 내가 너를 찾아온 진짜 이유가 있어.

그 사람은 의아한 눈으로 젤리를 바라봤다.

혜설아, 사실 나는 십이 년 전에 너를 알았던 사람이야.

윤혜설. 그 사람의 이름이었다.

그 사람은 헤아려봤다. 십이 년 전, 열한 살 때…….

그때 너한테 큰 상처를 줬어. 많이 미안했다고 애

기하고 싶어서 왔어. ……보육원에서 봉사자로 널 처음 만났어.

보육원. 너는 예상하지 못했던 단어에 다소 당황했다. 갑작스러운 그 단어에 그 사람도 놀란 듯했다. 그 사람의 얼굴이 달아오르는 걸 보면서 너는 생각했다. 그 사람에게 지금 몰려오고 있는 건 아마 수치심일 거라고. 스스로 원해서 타인에게 자신의 삶을 꺼내놓을 땐 느끼지 않는 감정. 그러나 지금처럼 남에 의해 불현듯 삶이 까발려졌을 때, 그 사람이 가장 먼저 느끼는 건 아마도 수치심일 것이다. 불쾌와 분노는 그다음에야 뒤따라오는 감정일 것이다.

정말 미안했어. 너를 외면했던 것…… 네 부모가 되겠다고 함부로 약속해놓고는 책임지지 못했어. 그러곤 도망치고, 네가 그 뒤에 보낸 이해한다는 편지들, 괜찮으니 다시 찾아와달라는 편지들에 아무런 응답도 하지 않고 회피했어. 너한테 그러면 안 되는 거였는데…… 미안해.

그 사람은 혼란스러운 것 같았다.

날 용서해줄 수 있을까.

너는 다시 놀랐다. 그건 네가 예상했던 말이 전혀 아니었다. 너는 다시 그 사람의 표정을 살폈으나 읽어낼 수 없었다.

침묵 속에서 젤리를 한참 응시하던 그 사람이 입을 열었다.

죽기 전에 찾아온 것도 아니고, 이제 와서······.

그 사람은 숨을 크게 들이쉬었다.

나가주세요, 이 집에서.

집에 돌아온 너는 젤리를 소파 테이블에 올려주고는 겉옷을 벗었다. 젤리는 자신의 집으로 곧장 들어갔다. 돌아오는 내내 너와 젤리는 아무 말도 하지 않았다.

젤리는 많이 지쳐 보였다. 그런데도 애써 분위기를 바꿔보려는 듯 부러 기운을 냈다.

넌 항상 손이 따뜻하더라.

그런 말 자주 들어. 넌 따뜻한 걸 정말 좋아하는 것 같네.

손난로는 아직 충전 중이었다.

항암 하는 동안 너무 추웠어서 그런가. 사람 체온이 되게 오랜만이기도 하고.

젤리는 무심하게 중얼거리곤 손수건 이불을 덮었다.

너는 망설여졌지만, 그럼에도 물어야만 할 것 같았다.

아까, 용서받는 것까지도 원래 바랐던 거야?

아니.

젤리는 잠시 생각했다.

거기까지는 생각 못 했어. 그 자리에서 나도 모르게 튀어나왔어.

평소에 너는 잘못을 인정하고 미안한 마음을 전하는 것과, 용서까지 구하는 것 사이에는 꽤 차이가 있다고 생각했다. 남들은 그 둘을 굳이 구분하지 않는 듯했다. 하지만 용서를 구하는 건, 결국 자기 마음이 가벼워지고 싶은 거 아닌가. 잘못을 인정하는 걸로 그치지 않고 나아가 용서라는 면죄부를 기어이 얻어내고 싶은 거 아닌가.

용서까지 요구하려는 줄 알았다면 너는 젤리를 그렇게 흔쾌히 돕지 않았을지도 모른다.

……그런데 말하고 나니까, 어쩌면 내가 그걸 정말 바랐었구나 싶어.

너는 아까부터 줄곧 마음이 어딘가 무거웠다. 아마 그 사람의 상처를 끄집어내는 걸 도운 셈이 됐기 때문일 거라고 너는 지레짐작했다.

그래도 젤리를 이해하려고 노력해봤다. 예전 일인데도 젤리는 여전히 죄책감을 느끼고 있으니까. 진심으로 미안하지 않았다면 굳이 용서를 받고 싶지도 않을 것이다. 그래, 용서와 화해, 그런 게 나쁜 일은 아니니까.

젤리는 테이블 위로 다시 나오더니 너를 마주하고 앉았다.

너한테 이제 다 이야기하고 싶어. 좀 길 텐데, 들어줄 수 있어?

너는 고개를 끄덕였다.

있지…… 젤리가 되기로 할 때만 해도 그 애를 반드시 만나겠다는 일념이 있었던 건 아냐. 만났으면 하는 기대도 물론 있었지만, 그게 정말 좋은 걸지 여전히 확신하지 못했으니까. 근데 꼭 그 애 때문이 아니어도 후보 중에서 젤리에 눈길이 가더라. 후보로 시집도 있고 조약돌, 지우개, 쿠션 같은 것도 있었거든. 그런데 젤리는 달콤하고, 사랑스럽잖아. 떠올리면 기분 좋아지고. 게다가 빛을 받으면 투명해져. 나는 그렇게 투명하고 가뿐하게 살아본 적이 잘 없어서 한 번쯤 그래보고 싶었어. 빛 아래에선 투명하게 빛났다가 빛이 사라지면 다시 어두워지고, 빛이 투과하는 것 같으면서도 완전히 투과하진 않고, 그런 점도 매력적이었어. 사람 마음 같기도 하고.

어릴 때부터 나는 엄마랑 단둘이서 살았어. 둘이 똘똘 뭉쳐서 살았는데 내가 서른다섯 때 엄마가 갑자기 사고로 돌아가셨어. 그러고 나니까 너무 허무하더라. 그 애와는 원래 봉사하면서 이 년 정도 알고 지냈는데, 엄마 돌아가시고 얼마 안 돼서 내가 덜컥 내뱉어버렸어. 너의 부모가 되어주겠다고. 사실 그때 가족이 필요한 건 그 애가 아니라 오히려 나였던 것 같아. 상실감을 주체 못 하고 그렇게 말해버렸어. 실제로 입양을 추진하려고도 했는데, 그게 쉽게 되는 게 아니더라. 하루아침에 부모가 된다는 게 문득 두

려워지기도 했어. 그래서 도망쳤어. 그 애를 볼 자신이 없어서. 그 애가 괜찮다고 하는데…… 미안하고 창피했어. 그 애한테 가족이라는 거 큰 의미였을 테니까.

병실에 있으면 자꾸 예전 생각만 나. 미래는 생각할 게 별로 없기도 하고. 병원에선 보호자 동의가 종종 필요한데, 그 아이도 혼자일 텐데, 어쩌다 수술이라도 하게 되면 보호자 칸에 아무도 못 써넣겠구나, 그런 생각이 들었어. 이제 성인이 되었으니 보살펴주는 사람이 더 없을 텐데. 우리는 서로의 보호자가 되어줄 수 있는 사람이었는데 내가 그걸 포기해버린 거구나.

예전에 봉사자와 아이들이 놀이공원에 간 적이 있어. 놀이공원에 젤리 숍 있잖아. 온갖 신기하고 화려한 젤리들이 보석처럼 쌓여 있잖아. 애들한테 원하는 걸 마음껏 담으라고 했어. 다들 신나서 젤리를 비닐에 담는데 그 애는 안 담고 있는 거야. 왜 더 바라고 더 욕심내지 않는지 나는 그게 속상했어, 누릴 기회가 와도 못 누리는 주눅 든 태도 같아서. 그래서 온

갓 화려한 젤리를 가득 담아서 건넸지.

그 애는 물론 상냥하게 감사하다면서 받았어. 어른이 건네는 걸 거절하는 아이가 아니었으니까.

그런데 언젠가 나중에 편의점에서 나를 한쪽으로 이끌더니 이 젤리를 고르는 거야. 이걸 먹고 싶다고. 아무 데서나 보이는 아주 흔한 곰 젤리를. 수줍게 말했어. 저는 이게 제일 좋아요. 그때 생각했던 것 같아. 이 아이는 화려하고 신기한 것보다도 익숙하고 가까이 있는 걸 어쩌면 더 원했을 수도 있겠구나. 여긴 단체생활을 하는 곳이고 남들과 항상 나눠야 하니까. 평범한 거, 다른 사람들에겐 흔한 거, 그런데 정작 혼자서 마음껏 독차지해본 적은 별로 없는 거…….

그러다 한창 항암치료를 하고 있을 때 그 애 계정에서 이 젤리 봉지를 본 거야. 아직도 이 젤리를 좋아하는구나. 좋아하는 마음을 계속 지키면서 잘 지내고 있구나.

새로운 몸을 얻고 나니까 점점 욕심이 나더라. 그 애를 보고 싶고, 사과하고 싶고. 사백 개나 되길 잘했다는 생각도 했어. 그 애를 만날 확률이 조금이라도 높아지는 거니까. 어른이 된 그 아이를 다시 봤으니까, 젤리가 되길 잘한 것 같아.

너는 얘기를 듣는 동안 젤리의 마음을 이해했다. 이해할 수 없는 마음은 단 하나도 없었다. 하지만 어쩌면 그래서, 너는 오히려 마음이 더 불편해져갔다.

너는 생각했다. 긴 얘기 안에도 결국 그 사람은 없다. 갑자기 예전의 삶이, 게다가 낯선 사람 앞에서 들춰지게 된 그 사람의 기분에 대해서 젤리는 왜 조금도 생각하지 않지. 굳이 드러내고 싶지 않은 면일 수도 있는데. 그 사람은 그저 도움이 필요하다는 말에 선뜻 나와준 것뿐이었는데.

너는 그 사람이 지금 작고 환한 그 집에 혼자 오래 앉아 있을 것만 같았다.

이야기를 듣는 동안 창밖으로 조금씩 눈이 내리기 시작했다. 그 모습을 보며 너는 올해는 유독 눈이 자주 온다고 생각했다.

1월의 막바지였다.

너는 달력을 보면서 다음 주로 다가온 설 연휴를 생각하고 있었다. 혼자 짧은 여행을 다녀올 계획이었다. 젤리가 일어나면 여행 내내 집에 혼자 있어도 괜찮을지 물어볼 생각이었다. 젤리는 지금 낮잠을 자고 있었다.

핸드폰이 울렸다. 그 사람이 보낸 메시지였다.

그날 이후로 계속 생각해봤다는 말로 시작하는 장문의 메시지. 메시지는 이렇게 끝나고 있었다.

젤리가 말했던 용서, 그걸 해보기로 했어요.

원래는 그럴 생각이 없었어요. 그 일이 제게 여전히 상처여서가 아니라 그 일로부터 이미 잘 떠나왔기 때문이에요.

그런데 생각이 바뀌었어요. 저는 많은 도움을 받으면서 컸으니까, 다른 사람에게 이제 제가 무언가를 해줄 수 있다면 그걸 하는 게 맞는 것 같아요…….

무엇보다 젤리는 제 어린 시절을 기억해주는 몇 안되는 사람이기도 하잖아요.

젤리와 함께 시간을 더 보내고 싶어요. 젤리에게 전

해주세요.

너는 젤리를 깨웠다.

졸음이 묻은 눈으로 젤리는 메시지를 천천히 읽었다.

날 모른 척할 수도 있었는데…… 너는 나보다 훨씬 나은 어른이 됐구나.

젤리는 마저 얘기했다. 어쩌면 연두색 젤리가 그 아이를 잘 알게 됐기 때문에 아무 말도 하지 않았던 것일지도 모르겠다고. 이미 잘 자라서 충분히 잘 지내는 걸 지켜봤으니 굳이 예전 상처를 끄집어낼 필요가 없었을지도 모른다. 사과할 이유가 없어졌으니 더 머물 필요도 없었을 것이다.

젤리는 그 사람을 다시 만나진 않겠다고 했다.

너도 동의했다. 지나간 일은 지나가게 놔두고 다시 전처럼 살아가는 게 그 사람에게도 더 나을 수 있었다. 그리고 이제는 이 일에 그만 관여하고 싶다고 너는 어렴풋이 느끼고 있었다.

너는 젤리가 만나길 원하지 않는다고 답장을 보냈

다. 그 사람은 메시지를 읽었고, 답이 없었다.

이제 다 마무리되었다. 그런데도 너는 어쩐지 마음이 완전히 편해지지 않았다.

조금은 몽롱하고 홀가분한 표정으로 젤리가 말했다.

그 아이가 결국엔 용서할 걸 알고 있었어. 어릴 때랑 똑같다. 그때도 항상 다른 사람의 부탁을 들어줬어. 어쩌면 그 애는 착한 아이가 되는 방법으로 사랑을 받고 싶었던 것 같기도 해. 그러면 사랑을 좀 더 많이 받을 수 있으니까. 천성이 순하고 무른 아이였는데, 어른인 내가 그런 애를 그렇게 외면하면 안 되는 거였는데…….

순하고 착한 아이.

그 말 앞에서 너는 그제야 떠오르는 기억이 있었다.

부임 첫해였다. 그해에 너는 지나치게 바빴다. 경험도 확신도 없던 그때, 무엇보다 이 일을 평생 할 자신이 없었다. 아이들과 긴 시간 부딪치는 게 버겁게 느껴졌다. 지금이라도 다른 직업을 찾아야 하는지 밤늦도록 고민하다 잠들던 나날 중에, 어떤 아이가 네게 조용히 다가와 말했다.

오빠가 저를 때려요.

너의 반이었던 체구가 작은 여자아이. 너는 아이에게 말했다. 너는 착하고 똑똑한 아이니까, 오빠한테 하지 말라고 잘 이야기해보라고. 그렇게 돌려보냈다. 착하고 순한 아이여서 한번 말하면 다시 와서 부탁하지 않으리란 걸 너는 사실 알고 있었다. 그 뒤에도 너는 아이의 몸에 든 멍 자국을 본 적 있으나, 애써 생각했다. 놀다 넘어져서 생긴 걸 수도 있지. 어른이 때리는 것도 아니고, 남매가 조금 싸울 수도 있겠지. 그런 일에까지 신경을 쓰기엔 너는 이미 지쳐 있었다. 하지만 그때 너는 어렴풋하게 느끼고 있었다. 나는 절대로 좋은 선생은 될 수 없겠구나. 나는 좋은 어른이 아니구나.

해가 바뀌고 너는 그 아이를 학교에서 종종 마주쳤다. 그러나 아이가 보일 때면 너는 자연스럽게 방향을 돌려 아이로부터 멀어졌다. 멀리서 너를 알아보고 인사하려던 아이를 피해 모른 척 시선을 돌린 적도 있었다.

그렇게 오래된 일은 아닌데도 기억하지 않고 있었

다. 그랬는데 그만 떠올라버렸다. 그래, 어른인 내가 아이인 너한테 그러면 안 되는 거였는데.

너는 항상 자신이 좋은 사람이었으면 했다.

복잡한 마음으로 젤리를 보면서, 너는 생각한다.

아마 어떤 젤리는 다른 젤리와 뒤섞여 오랜 시간을 박스 안에서 기다릴 것이다. 또 어떤 젤리는 꺼지지 않는 편의점의 환한 불빛 속에 있을 것이다. 어떤 젤리는 마트를 오가는 사람들을 구경하다, 자신을 호기심 어리게 바라보고 손가락으로 눌러보기도 하는 어린아이를 만나기도 할 것이다. 어떤 젤리는 다른 누군가에게 나눠주려는 기대에 찬 손에 쥐이기도 한다. 어떤 젤리는 한 노인을 만나 돌보며 함께 살아가고, 어떤 젤리는 여행을 다니고, 어떤 젤리는 열기에 녹아 형체를 잃고 다른 젤리들과 엉겨 붙는다. 어떤 젤리는 정체를 들키고 오랫동안 괴롭힘을 당한다. 어떤 젤리는 유통기한이 지나서 봉지째 쓰레기통에 버려지고, 어떤 젤리는 방 어딘가에서 영원히 잊히고, 어떤 젤리는 다른 젤리들에게 계속 말을 걸지만 아무 대답도 듣지 못한다. 어떤 젤리는 그 사람을 찾아가고, 어떤 젤리는 자신의 삶을 살고, 어떤 젤리는 조용히 죽음을 받아들인다. 평범한 젤리처럼 먹혀 으스러지고 삼켜지길 선택한다. 산산이 부서진 부드러운 몸으로, 위액에 섞여들면서 무언가를 생각한다.

그리고 너의 젤리는.

너는 젤리를 집어 든다. 젤리는 그런 너를 본다.

너는 이제야 알 것 같다. 자신은 그리 좋은 사람이 아니라는 걸. 그저 보통 수준의 사람일 뿐이다. 그러나, 그 사실과 매 순간 맞대면서 살아갈 자신은 없다. 너는 머뭇거리다가 말한다.

다른 사람들도 비슷할 거야. 난 앞으로도 계속 살아가야 하잖아……. 내 결정, 이해해줄 수 있지?

젤리를 들어 입안으로 가져간다.

젤리가 놀라서 버둥거린다.

너는 혓바닥을 입천장 쪽으로 눌러서 버둥거리는 몸을 붙잡는다. 치아에 젤리가 다치지 않게 최대한 조심하면서.

부탁이야.

어눌한 발음으로 말한다.

괜찮아.

젤리가 무어라 외치는 것 같지만 잘 들리진 않는다. 구태여 듣지 않을 거다. 더는 젤리를 돕지 않을 거고 기억하지도 않을 거다.

눈을 감고, 너는 젤리가 녹을 때까지 기다린다. 아주 느리다. 체온에 조금씩 조금씩 녹아 젤리가 사라지는 걸 느낀다. 너는 감은 눈에 힘을 주고 이 시간을 건딘다. 간절한 마음으로, 그러나 시간이 흐르기만을 기다리면서.

따뜻하길 진심으로 바라면서.

OUTRO

그 사람은 잠시 고개를 들어 창문을 바라봤다. 창유리에 눈송이가 부딪는 소리가 들리고 있었다. 눈송이 하나만큼의 작고 가벼운 소리. 그 사람은 쏟아지듯 내리닫는 눈송이들을 바라봤다.

책상 앞에 앉아 있었다. 그 사람의 책상 위에는 커

다란 유리병이 생겼다. 병 안에 담긴 젤리들이 옹기종기 모여 보석처럼 반짝이고 있었다. 이번에도 허사였다. 그 사람은 방금 뜯었던 봉지 속 젤리들을 유리병에 쏟아부었다. 그 사람은 다시 만나고 싶었다. 자신을 기억해주는 젤리를.

그 사람은 생각했다. 연두색 젤리도 주황색 젤리도 자신을 떠났지만, 아직 기회는 많이 있다고. 더 잘해주면 새로운 젤리는 떠나지 않을 것이다. 새로운 젤리는 어쩌면 지금 이 순간에도 자신을 찾아오고 있는지도 모른다.

만나게 될 젤리는 어떤 색일까. 어떤 향일까. 그 사람은 기다려졌다.

은은하고 달콤한 과일 향이 몸에 스며들어갔다. 그 사람은 새 젤리 봉지를 조심스럽게 뜯었다.

그리고 물었다.

혹시 거기 있어?

1.

젤리를 먹다 보면 나는 가끔 커다란 괴물이 된다. 상상 속에서의 일이기는 하다. 젤리에 비하면 나는 언제나 지나치게 크다. 손에 잡힌 젤리—주로 곰 모양 젤리—는 나의 윗니와 아랫니 사이에 도달한다. 작은 몸은 마치 아틀라스처럼 윗니를 떠받치며 버텨 보려고 하지만, 끝내 먹힌다. 끝내 먹히긴 하지만 쉽게 먹히는 것은 아니다. 젤리는 최선을 다해서 저항한다. 저항하는 탄성, 보통은 탱글탱글하다거나 쫄깃하다고 표현하는 그 감각을 느끼면서, 나는 이게 몸과 닮아 있다고 생각한다. 자신을 지키고 회복하려는 성질을 지닌 것.

어쩌면 젤라틴이 동물의 몸으로부터 얻어지기 때문에 그렇게 생각하는 것일 수도 있다.

2.

햇빛에 젤리를 비춰본 적 있다. 햇빛 아래에서 젤리는 투명하고 영롱했다. 그러다 손으로 빛을 가리면 순식간에 어둡고 불투명해졌다.

투명하고 맑아지기도 했다가 곧바로 불투명해지기도 하는 것.

이게 마음이 아니라면 무엇일 수 있을까.

3.

그렇게 몸과 마음을 다 가진 작은 존재가 내 앞에 탄생해 있었다. 그 존재는 주황색이었다. 향긋한 오렌지 향을 은은하게 풍기면서 나를 바라보고 있었다.

박하사탕

Candy

장
희
원

그해 초 선영과 나는 원주의 한 호숫가를 돌았다. 물이 깊고 잔잔한 곳이었다. 기온이 낮은 날은 아니었지만, 이른 아침 눈과 비가 내려 길이 미끄러웠다. 물가를 걷는 일은 점점 더 춥고 서늘한 곳으로 들어가는 것 같았다. 하지만 선영은 그걸 바라는 것 같았다. 조금만 더, 아주 조금만 더…… 깊은 곳으로.

우리는 잠시 멈춰 서서 호수에 드문드문 떠 있는 작은 흙더미나 고요한 수면을 바라보았다. 소리 없이 꾸준히 나아가는 물새 떼를 지켜보기도 했다.

"좋다."

나는 숨을 깊게 들이마시며 말했다. 이른 아침의 상쾌한 공기의 냄새나, 주변에서 아무 소리가 들리지 않는 적막함이 아주 오랜만이라는 생각이 들었다.
대학에 들어오고 서울에 살기 시작하면서, 어느 순간
부터는 이런 고요한 모습을 마주할 기회가 많지 않았
던 것 같다는 생각이 들었다.

"그러게."

선영은 작게 고개를 끄덕이고는 아주 오랫동안 수
면의 한 곳을 지그시 지켜보았다. 조금 전…… 우리가
함께 보았던 연주의 뼛가루를 생각하는 것 같았다.

호수는 추모 공원 아래, 야트막한 산의 중턱에 있
었다. 산세에 가려진 부분이 있어, 전체적인 모습이
한눈에 들어오지 않을 만큼 크고 드넓은 곳이었다.
이곳을 다 도는 게 가능할까 싶었지만, 선영은 가능
하지 않을까, 하고 말했다.

"조금 걷고 싶어."

선영은 허옇게 살비듬이 일어난 얼굴로 말했다.
가까이서 보니 드문드문 기미나 주근깨가 보여 우리

가 더는 이십대가 아니라는 것을 느낄 수 있었다. 아마 선영도 내 정수리를 중심으로 번져가는 새치나 눈가에 옅은 점들을 보았을 터였다. 이게 뭐야. 예전의 선영이라면 관자놀이 주변을 가리키며 웃었을지도 몰랐다. 하지만 지금의 선영은 무뚝뚝한 표정으로 그런 것들에 대해 아무 말도 하지 않았다. 선영의 옆모습을 볼 때면 많이 변한 것 같기도, 혹은 예전 그대로인 것처럼 보이기도 했다.

"오랜만이다."

"뭐가."

"그냥 이렇게 너하고 걷는 거."

선영과 나는 아주 오래전에 절교한 사이였다. 우리는 이따금 밤 산책을 하거나, 잠이 오지 않을 정도로 더운 여름밤이면 서로의 자취방이나 편의점 앞에서 동이 틀 때까지 맥주를 마시곤 했다. 같은 학과 동기인 우리는 지방에서 올라와 혼자 지낸다는 공통점 때문에 처음 본 날부터 쉽게 친해졌다. 선영과 나, 연주, 늘 셋이서 가장 친하고 어울려 다니긴 했지만, 이상하게 서울 태생인 연주보다 선영을 부르는 편이 나로서는 더 편했다. 나이를 먹은 후에는 야근이 잦은 회사에 다니는 바람에 같은 직장인인 연주보다는 상대적으로 시간이 많은 대학원생인 선영을 만나는 일이 더 자연스럽기도 했다. 그날도 늦은 밤 충동적으로 퇴근길에 선영을 불러 놀이터에 앉아 맥주를 마셨었다. 선영은 이런저런 이야기를 늘어놓다, 갑자기 입을 다물더니 이슬이 맺힌 맥주 캔을 만지작거렸다. 그러다 불쑥 너 그거 알아? 하고 말을 건넸다.

"뭐가?"

"너…… 되게 나쁜 년인 거."

"뭐?"

나는 맥주를 마시다 말고 선영을 빤히 쳐다보았다. 선영은 무표정한 얼굴로 새 맥주 캔을 따고, 새우깡 봉지를 뜯었다.

"진심이야?"

"응."

선영은 새우깡을 와그작 씹으며 대답했다. 짜다. 선영은 살짝 얼굴을 찡그렸다. 짠 거 먹으니까 단 거 먹고 싶다. 선영은 아무 일도 없었던 것처럼 입맛을 다시며 중얼거렸다.

"뭐 때문에 그래? 저번에 너한테 말 안 하고 박상준 보러 간 것 때문에?"

선영은 내 지난 연애사를 다 알고 있었고, 내가 만났던 사람들 중 박상준을 가장 싫어했다. 나를 부르는 이유가 너무나 투명한데도 그런 자리에 나가는 나를, 이해할 수 없는 것을 넘어서 실망스럽다고 말하곤 했었다.

"그것도 있고."

선영은 다시 맥주 캔에 입을 가져다 댔다.

"좀 이기적이야."

선영은 나를 똑바로 보며 말했다.

"다른 사람은 안중에도 없어."

순간 얼굴이 뜨거워지는 것을 느꼈다. 술기운 때문인지, 혹은 갑작스러운 말에 놀란 탓인지 나는 어버버거리며 말을 골랐다. 왜 그래? 취했어? 내가 뭐 실수했어? 하지만 선영은 묵묵부답인 채 남은 맥주를 꿀꺽꿀꺽 마실 뿐이었다. 순간 부아가 치밀었다. 뭐야, 언제부터 그렇게 생각했던 건데. 그럼 자기가 이렇게 구는 건 이기적이지 않은 건가. 누가 진짜 나쁜 년인데. 나는 아무 말도 하지 못한 채 멍하니 선영을 바라보았다. 선영은 한참 동안 가만히 있다 갑자기 남은 맥주를 모래 위에 부었다. 모래가 천천히 뭉근하게 부풀어 올랐다. 미안. 그냥 좀 지쳐서 그래. 선영은 모래 속으로 사라져가는 맥주를 보며 중얼거렸다.

"이제 그만 가자."

맥주를 다 부어버린 후 선영은 무표정한 얼굴로 나를 바라보며 말했다.

그날 이후로 선영과 나는 서먹한 사이가 됐다. 사실 그건 따지자면 아무것도 아닌 일이었다. 그 이전에 얼마든지 더한 말도 나눈 적이 많았다. 뭐지? 뭐 때문에 그랬지? 내가 말을 너무 많이 했나? 아니면, 선영한테 힘든 일이 있었나? 하지만 그랬다면 분명히 말을 했을 텐데. 그리고 무엇보다…… 언제부터 선영은 그런 마음이었을지 신경이 쓰였다. 속으로 나를 '나쁜 년'이라고 생각하면서도, 함께 무언가를 먹고, 마음에 있는 이야기를 나누고, 같이 시간을 보냈다는 게 소름이 돋았다. 이런 생각 때문에 늦게까지 잠자리에서 뒤척이기도 했다. 그 후 선영과는 점점 자연스럽게 멀어졌다. 선영도 내가 피하는 것을 느꼈는지, 먼저 연락을 해오지도, 더는 내밀한 이야기를 하지도 않았다.

"뭐야, 왜 그래?"

언젠가 연주가 넌지시 물어봤지만, 나는 뭐가, 하고 퉁명스럽게 대답했다.

"너무 그러지 마."

연주가 부드러운 목소리로 말했지만, 나는 점점 더 화가 났다. 왜 나한테만 그래. 걔가 이상한 거지. 연주는 희미하게 웃었다.

"다음에는 같이 맛있는 거 먹으러 가자. 이것보다 단 거 먹자, 엄청 단 거."

자. 연주는 자기 앞에 놓인 초콜릿 무스 케이크를 조금 잘라 내밀었다. 나는 마지못해 받아먹었다. 기분이 좋아지긴 했지만, 단맛은 금세 휘발되었다. 나는 조금 전까지 남아있던 초콜릿 맛을 기억하기 위해

혀로 입안을 훑었다. 연주는 그런 나를 보며 뭐가 웃
긴지 소리 내어 웃었다. 하지만 우리 셋은 누군가의
결혼식이나 동기 모임이 있을 때만 한두 번 보다가
그마저도 만나는 자리가 사라져 더는 보지 않는 사이
가 되었다. 연주는 선영을 빼고 나를 만나는 게 조금
불편한 것처럼 보였고, 그 반대도 마찬가지인 것 같
았다. 살면서 이따금 선영이 궁금한 적도 있었지만,
점점 더 선영을 생각하지 않는 날 쪽이 더 많아졌다.
아마 연주의 발인에 참석하지 않았다면, 영원히 우리
가 만날 일은 없었을 터였다. 하지만 선영도 나도 마
치 그날 일이 없었던 것처럼 굴었다.

　그건 아주 오래전 일이잖아.

　어쩌면 선영은 뭘 그런 걸 신경 쓰냐며 대수롭지
않게 이야기할지도 몰랐다.

　이른 아침에도 호수에는 운동을 하는 사람들이 있
었다. 물안개 속에서 불쑥 튀어나와 빠른 걸음으로
이쪽을 향해 걸어오거나, 마스크를 쓴 채 가볍게 뛰
어오는 사람들을 볼 때마다 선영과 나는 흠칫 놀라며

자리를 비켜주었다. 그러다 어느 순간부터는 서로에게 거리를 둔 채 걷기 시작했다. 나는 이게 더 편안하다고 생각했다. 억지로 얼굴을 마주 보거나, 나보다 키가 훌쩍 큰 선영의 보폭에 맞출 필요도 없었다. 하지만 선영은 자주 걸음을 멈췄다. 천천히 느린 걸음으로 걷다가 문득 내가 생각났다는 듯이 걸음을 멈췄고, 내가 가까이 다가가는 것 같으면 다시 걷기 시작했다.

"그냥 가."

나는 조금 떨어진 선영을 향해 말했다.

"됐어, 어떻게 그래."

"아니야, 괜찮아."

"진짜 가?"

"응. 난 괜찮아."

선영은 주저하다 걸음을 옮겼다. 그리고 얼마 가지 않고 다시 고개를 돌려 이쪽을 바라보았다. 하지만 이내 돌아서서 걷기 시작했다. 나는 점점 작아지는 선영을 바라보며 천천히 뒤따라갔다. 마음 놓고 잔잔한 호수의 수면을 바라보다가 고개를 들고 벗

나무 가지들을 보기도 했다. 그러다 가장 큰 나무 아래에 멈춰 섰다. 나는 천천히 그늘 안에서 숨을 골랐다. 숨을 뱉자 공중에서 삽시간에 하얀 숨이 흩어졌다. 햇빛이 산등성이를 넘어 조금씩 이쪽을 향해 비췄다. 나는 잠시 눈을 감았다. 얼굴 위로 따스한 기운이 닿았다. 문득…… 이곳이 한없이 조용한 곳 같다고 생각했다. 아주 오랫동안 눈을 감고 있었다고 생각했는데, 다시 눈을 뜨니 조금 전과 다를 바 없는 풍경이 계속되고 있었다. 커다란 새 한 마리가 날개를 펴고 호수 위를 날아가고 있었다. 조용했다. 어쩐지…… 모든 게 다 거짓말 같았다.

　물안개 속에서 선영은 고개를 숙인 채 나를 기다리고 있었다.
　"아직은 추운 것 같아."
　선영은 어깨를 옹송그린 채 다가오며 말했다. 나는 고개를 끄덕인 후 여기는 물가니까, 하고 중얼거렸다. 어쩌면 이른 새벽부터 이곳에 오기 위해 서둘러서 그런 건지도 몰랐다. 여기는 서울보다 훨씬 북

쪽일 테니까. 더군다나 이른 아침부터 이곳에 오느라 잠도 제대로 자지 못했다. 이른 아침, 장례식장에서 나와 처음 보는 사람들과 함께 이곳으로 오는 버스에 올라탔다. 종종거리는 사람들의 머리 위로 하얀 입김이 피어올랐다가 공중에서 흩어졌다. 버스 안은 무덥고 어두웠다. 답답하다. 선영은 자리를 뒤척이며 중얼거렸다. 높은 곳에 올라온 것 같다며 침을 삼키기도 했다. 잠깐 잠이 든 것 같다가도 다시 눈을 뜬 채 허공을 응시하고 있기도 했다. 나는 주위에서 웅웅거리는 소음에 귀 기울였다. 하지만 어느 순간부터는 눈을 뜬 채 가만히 숨을 골랐다. 모든 것이 비현실적으로 여겨졌다. 다만 잔잔한 흔들림 속에서 선영과 나를 제외한 버스에 탄 사람들이 잠들어 있다는 것만을 느낄 수 있었다. 몽롱하고 지쳤지만, 한편으로는 조금씩 더 또렷해지는 기분이 들었다. 허리를 곧게 세운 채 잠든 앞에 앉은 사람의 뒷모습을 한참 바라보기도 했다. 숨도 쉴 수 없고, 아무것도 보거나 들을 수 없는 곳. 어쩐지 그런 곳을 떠올렸고, 그런 무덥고 어두운 곳에서 눈을 감고 있을 연주에 대

해 생각했다. 일어나. 선영이 조심스럽게 내 어깨를
두드렸다.

"저기 봐."

선영은 창밖을 가리켰다. 창밖으로 하얗게 나풀거
리며 눈이 내리는 풍경이 보였다. 얼핏 빗방울처럼
보이기도 했다.

"신기하다."

모두가 잠든 버스 안에서 선영과 나는 특별한 풍경
이라도 되는 것처럼 밖을 바라보았다. 오랫동안 눈
이 쌓이는 모습을 보고 싶었는데, 거짓말처럼 금세
그쳐버렸다. 잠시 후 검붉은 터널 속으로 버스가 진
입하자, 어두운 창 위로 일렁이는 굳은 표정의 선영
과 내가 보였다. 마치 화가 난 사람들처럼 보였다.

"잠깐만 앉자."

선영은 조악한 하트 모양의 조형물 아래에 있는 벤
치를 가리켰다. 지나가는 사람들이 사진을 찍으라고
만든 곳 같았다. 뜬금없이 놓여 있는 벤치가 이상했
지만 우리는 자리에 앉았다. 벤치는 축축했지만, 선

영과 나는 일어나지 않았다. 지치고 피곤한 탓에 더는 몸을 움직이고 싶지 않았다. 한차례 바람이 불자, 선영이 몸을 떨었다.

"추워?"

"아니."

선영은 희미하게 웃으면서 답했다. 하지만 시간이 흐르자, 조금씩 온몸이 무감각해지는 것 같았다.

"잠시만."

선영은 자리에서 일어나 벤치 근처에 있는 자판기에서 커피를 뽑아왔다.

"자."

나는 선영이 내민 컵을 받았다. 약간의 온기가 손을 덥혔다. 새삼 우리가 얼마나 추운 곳에 오래 있었는지 알 수 있었다. 나는 뻣뻣하게 굳은 손가락을 꼼지락거렸다. 선영은 조심스럽게 후후 불며 커피를 마셨다.

"너무 달다."

선영은 굳은 얼굴로 중얼거렸다.

"이제는 이런 걸 잘 못 마시겠어."

선영은 그 안에 뭐가 있기라도 한 것처럼 골똘히 바라보았다.

"예전에는 단 게 좋다고 했잖아."

나는 한때 자주 단것을 먹자고 했던 선영과 연주를 떠올렸다. 을지로에 숨겨진 작은 카페나 빵집에 가서 혀가 무감각해질 정도로 단 과자나 아이스크림, 커피를 마시기도 했었다. 단맛을 좋아하지도 싫어하지도 않았지만, 함께 밥을 먹은 후 디저트를 먹기 위해 그런 장소들을 찾아다니던 게 즐거울 때도 있었다. 디저트 배는 따로 있잖아. 그렇게 말하며 히히덕거렸지만, 사실은 이대로 헤어지기가 아쉬운 마음도 있었다. 그때는 우리가 조금 더 오래, 혹은 자주 보았으면 좋겠다고 생각했다. 그리고 너무나 당연하게, 그런 날들이 계속될 거라고도 여겼다.

"그랬는데…… 이제는 싫어."

선영은 다시 후룹, 하고 커피를 마신 다음 작게 한숨을 쉬었다.

"후."

선영은 깊게 한숨을 쉬었다.

"나쁜 년."

선영은 낮은 목소리로 힘없이 중얼거렸다. 선영은 연주에 대해 생각하고 있는 것 같았다. 따뜻하고 탁한 선영의 입김이 공중에서 사라졌다.

"나쁜 년."

선영은 다시 한번 낮은 목소리로 중얼거렸다. 그때는 나보고 나쁜 년이라더니. 나는 담담했던 그때와 달리 미묘하게 다른 선영의 목소리를 들으며 생각했다. 선영은 종이컵을 잘근잘근 씹었다.

"진짜…… 나쁜 년."

선영은 나지막하게 말한 후 단숨에 커피를 마셨다. 그리고 종이컵을 구겨 던져버렸다. 자신의 하얀 운동화 코에 커피가 튀어도 신경 쓰지 않았다. 나는 내 몫의 잔을 만지작거렸다. 어느새 커피는 차갑게 식어 있었다. 식어버린 커피를 홀짝이자, 미적지근한 맛이 입안을 더 텁텁하게 하는 것 같았다. 하지만 끝까지 다 마셨다. 나는 종이컵을 구긴 후 선영을 따라 던졌다. 하지만 종이컵은 선영의 컵 근처에도 가지 못한 채 내 발치에 머물렀다. 바람이 불자, 종이컵들이 굴러가기 시작했다. 뭐야. 왜 던져. 선영은 힘 없이 피식 웃었다. 그냥 너 따라서. 그 말을 끝으로 우리는 입을 다물었다. 선영과 나는 텅 빈 눈으로 이리저리 굴러가는 쓰레기를 바라보았다.

어느새부턴가 조금씩 기온이 오르는 것이 느껴졌다. 호수 위로 윤슬이 일렁이며 점점 번져가고 있었다.

"예쁘다."

"그러게."

"작년 이맘때쯤은 지금보다 훨씬 더 추웠던 것 같은데."

"매년 기온이 점점 따뜻해지니까."

하지만 이른 아침에 내렸던 눈과 비 때문인지 분명히 공기 중에 떠다니는 축축한 기운을 느낄 수 있었다. 어쩌면 물가라서 어디를 가나 이런 기운이 따라오는 건지도 몰랐다. 나는 선영도 분명히 느끼고 있을 물안개와 물기에 대해 생각했다. 선영은 여전히 멍한 눈으로 호수를 바라보았다. 그러다 괜히 발치에 있는 돌을 주워 호수를 향해 던지기도 했다. 하지만 돌은 멀리 가지 못하고 데굴데굴 굴러가다, 물풀 근처에 멈추었다.

"아무도…… 울지 않더라."

선영은 혼잣말하듯 중얼거렸다. 나는 여전히 선영이 연주에 대해 생각하고 있다는 것을 알았다. 연주의 발인에 참석한 몇 안 되는 사람들 사이에서 선영과 내가 있다는 게 이상했다. 우리는 연주의 아주 오래된 인연이었을 뿐이었다. 선영과 나는 어색하게 인사를 나누고 한참 동안 나란히 서 있었다. 이따금 혹시나 우리가 아는 또 다른 누군가가 오려나, 하고 기다렸지만, 우리가 아는 또 다른 사람은 없었다. 우리는 무표정한 얼굴로 연주의 남동생이 연주의 뼛가루를 유택동산에 붓는 것을 지켜보았다. 연주의 가족들은 지쳐 보였고, 그 모든 절차가 빨리 끝났으면 하는 것 같았다.

"잘 가."

누군가 떨리는 목소리로 그렇게 말했는데, 그 사람이 연주의 친척인지, 예전 직장 동료인지 알 수 없었다. 연주에게 우리는 그저 멀어진 사람에 지나지 않았다. 우리가 아는 연주도 아주 오래전의 연주일 뿐이었다. 선영과 나는 아주 짧은 찰나에 흔적도 없이 사라져버리는 연주를 지켜보았다.

모든 절차가 끝나고도 남아 있는 사람은 우리 둘뿐이었다. 이대로 헤어지기가 뭐했던 탓에 우리는 괜시리 미적거렸다. 어쩐지 그곳을 쉽게 떠날 수 없었다. 선영과 나는 추모 공원 안에서 팻말이 걸린 수많은 나무 사이를 걷거나 충동적으로 납골당에 들어가 수많은 납골함을 보았다. 그중 어디에도 연주는 없었다. 이제 세상 아무 곳에도 연주는 없었다.

사라져버리는 것.

그것이 연주의 간절한 바람이었다는 게 믿기지 않았다. 언제부터 연주는 그런 마음을 갖고 있었을까. 우리와 친했던 예전에도 그런 마음으로 함께 웃고, 무언가를 먹고, 같이 시간을 보냈을까.

"다음에는 같이 봐."

예전에 연주는 그런 말을 하면서 웃었다. 연주는 아무것도 아닌 것에도 늘 웃는 편이었다. 선영과 내가 소원한 사이가 되어버린 일이 서운한 눈치였지만, 억지로 선영과 화해하라는 말을 하진 않았다. 그건 너희 선택이니까. 연주는 웃으며 말했다. 그리고 자연스럽게 다른 화제로 돌렸다. 말하자면 연주는 배려심이 많은 사람이었다. 타인을 편안하게 해주는 사람. 연주는 쓸데없는 농담을 조근조근 늘어놓으며 언제나 우리를 웃기곤 했다. 그래도 언젠가 화해할 거지? 마지막으로 연주를 보았던 날, 연주는 뜬금없이 내 손 위에 자신의 손을 얹으며 물었다. 몰라. 나는 툴툴거리며 다른 곳으로 시선을 돌렸다. 연주는 덥석 내 손을 붙잡았다. 너무 그러지 마. 연주는 희미하게 웃고 있었다. 언제나 그랬듯 부드럽고 듣기 좋은 낮은 목소리였다. 그래, 연주는 부드러운 사람. 있는 듯 없는 듯 자신을 드러내지 않는 사람. 어쩌면 연주가 우리의 화해를 간절히 바랐을지도 모른다는 생각이 들었다. 하지만 나는 그런 것 따위 알고 싶지 않았다. 끝까지 모른 척하고 싶었다. 나는 다시 아, 몰라, 하고 연주의 손을 빼버렸다. 내 손등에는 연주의 온기가 미적지근하게 남아 있었다. 그 따뜻함이 빨리 사라지기만을 바랐다.

"여기 너무…… 조용하다."

선영은 추모 공원을 걷다, 얼굴을 일그러뜨리며 말했다.

"이것 봐."

선영은 벤치 한 귀퉁이에 쓰인 낙서를 가리키며 웃었다. 석훈과 아영, 연정과 원석, 영호와 정혜, 혜진과 주아 같은 흔한 이름들이 검은색 사인펜으로 쓰여 있었고, '왔다 감' '영원하자'라는 낙서나 별표나 하트 그림이 그려져 있었다. 선영은 그게 뭐가 웃긴지 큰 소리로 웃었다.

"바보 같아."

"뭐가."

"이런 걸 남긴다는 게."

선영은 손가락으로 낙서 위에 이런저런 복잡한 무늬를 그렸다. 어쩌면 선영이 말처럼 무언가를 남긴다는 것은 바보 같은 일일지도 몰랐다. 무언가 영원할 거라고 믿는 것, 그런 나약한 마음을 바라고, 그것을 담아 새기는 것은 정말 허망하고 어리석은 일이었다. 그래, 진짜 바보 같아. 그렇게 생각하면서도 나는 선영처럼 웃을 수 없었다.

"으차."

선영은 갑자기 일어나 물가를 향해 나아갔다.

"어디 가?"

선영은 성큼성큼 물가로 내려가더니 울타리를 꽉 붙잡았다. 바람이 불어 멀리서부터 이쪽을 향해 물결이 일렁이고 있었다. 나도 덩달아 일어나 선영의 곁에 다가갔다. 물풀 쪽 흙은 질척했고, 밟기 싫었지만, 선영을 혼자 두면 안 될 것 같았다. 내가 옆에 서자, 선영은 희미하게 웃었다. 그리고 한 번 더 숨을 깊게 들이마셨다.

"여기…… 깊을까?"

"글쎄."

"들어가면 춥겠지?"

"그렇겠지."

"들어가보자."

"뭐?"

선영은 당장이라도 뛰어들 것처럼 울타리 위로 다리를 걸쳤다.

"미쳤어? 왜 그래?"

"뭐 어때."

선영은 물끄러미 나를 보았다.

"재밌잖아."

나는 어떻게 반응해야 할지 몰라 물끄러미 선영을
바라보았다. 선영은 내 얼굴을 보더니 소리 내어 웃
었다.

"장난이야, 장난."

선영은 올려두었던 다리를 내려놓았다. 그리고 언
제 그랬냐는 듯 다시 덤덤한 얼굴로 호수를 마주 보
고 섰다.

"사실 수영도 못해."

"그런데, 왜 그래."

"그거야 네가 있으니까."

선영은 갑자기 고개를 돌려 나를 빤히 바라보았
다. 갑작스러운 선영의 말에 나는 말을 잃었다.

"지금은…… 네가 내 옆에 있잖아."

선영은 힘주어 말했다. 그리고 조금 더 내 쪽으
로 고개를 숙였다. 선영의 눈을 이렇게 마주 보는 것

은 정말 오랜만이었다. 누가 보아도 앞에 있는 사람을 믿고 있는 눈빛. 흔들리지 않고 고요한 눈을 보면서 나는 선영은 정말 나를 믿고 있다는 것을 알 수 있었다. 왜 이렇게까지 나를 믿을까, 하는 의아한 마음이 들면서도 어쩐지 불편해졌다. 왜 그래. 왜 그렇게 단정 지어. 나보고 나쁜 년이라고 할 땐 언제고. 네가 나에 대해 뭘 안다고. 진짜 뭘 안다고. 사실 선영이 빠지면 누구보다도 내가 뒤따라 들어갈 거라는 것을 알면서도 그랬다. 우리가 절교했던 이유도 어쩌면 이런 것들이 쌓이고 쌓였기 때문인지도 몰랐다. 선영과 내가 연주를 잘 몰랐던 것처럼, 선영도 나도 서로를 모른다고, 이제는 정말 다 모르겠다고 말하고 싶었다. 나는 고개를 저었다. 바람이 불자 호수의 물결이 일렁였다.

"그러지 마."

"응?"

"나는 너 못 구해."

선영의 표정이 조금 어두워졌다.

"구해주기…… 싫은 게 아니고?"

"……."

"진짜 안 구해줄 거야?"

"……응."

"내가 물에 빠져도?"

"응."

"살려달라고 소리쳐도?"

"응."

선영은 어이가 없다는 듯 웃었다. 선영은 눈도 깜박이지 않고 자신을 보는 나를 찬찬히 뜯어보았다.

"그렇구나."

선영은 담담한 목소리로 재미없어, 하고 중얼거렸다. 그리고 뭐라고 더 중얼거렸지만 바람이 거세게 부는 바람에 똑똑히 들리지 않았다. 선영은 눈살을 찌푸렸다. 눈에 흙이 들어간 것 같아. 선영은 눈을 깜빡거렸다. 그리고 눈언저리를 매만졌다.

"괜찮아?"

선영은 대답도 않고 지그시 눈두덩이를 눌렀다.

"됐어, 뭔 상관이야."

잠시 후 선영은 조금 붉어진 눈으로 대답했다. 그

리고 다시 무덤덤한 얼굴로 우리 앞에 놓인 호수를 바라보았다. 우리는 침묵한 채 나란히 풍경을 바라보았다.

정오가 지나자, 본격적으로 기온이 오르는 것을 느낄 수 있었다. 검은 패딩을 입고 있는 우리의 몸에서 희미하게 땀 냄새가 났지만, 선영도 나도 옷을 벗을 생각을 하지 않았다. 슬슬 돌아가야 한다는 것을 알았지만, 이상하게도 몸을 움직이고 싶지 않았다. 아침과는 다르게 여기저기서 더 많은 사람이 보였다. 평화롭고 한가한 풍경 속에서 선영과 나만 굳은 표정으로 말없이 앉아 있는 것 같았다.

"아가씨."

누군가가 부르는 소리에 고개를 드니, 검은 코트를 입고 있는 중년 여자가 핸드폰을 쥔 채 쭈뼛거리고 있었다. 여자의 뒤로 검은 옷을 입고 있는 중년의 사람들이 우리를 보고 웃었다.

"미안한데 우리 사진 좀 찍어줘요."

나는 그녀가 내미는 핸드폰을 얼떨결에 받았다.

그녀에게서 향냄새가 옅게 풍겼다. 조금 전 우리가 다녀왔던 추모 공원을 다녀온 사람들인 것 같았다. 하지만 소풍이나 나들이를 나온 사람들처럼 모두 표정이 온화해 보였다. 누가 큰 목소리로 농담을 건네자, 다들 못 참겠다는 듯 웃음을 터뜨렸다. 분명 공공장소에서 떠들만한 종류의 것이 아닌 것 같았다. 하지만 그녀들은 부끄러움이 없었고, 오히려 상스러운 농담일수록 더욱더 큰소리를 냈다. 날씨 좋다. 봄이다. 그들은 주위를 둘러싼 모든 것에 감탄했다. 여기 좋다. 그러게. 아, 이런 데서 살고 싶다. 자식도 뭣도 다 버리고. 그들은 그 말이 웃긴지 오랫동안 소리 내어 웃고 서로의 어깨를 두드렸다.

"아가씨, 여기."

그들은 조금 전 우리가 앉았던 하트 모양의 조형물 아래 벤치에 앉았다. 앉지 못한 사람들은 벤치의 뒤로 옆으로 일렬로 자리를 잡고 섰다. 모든 사람이 자리를 잡기에는 공간이 비좁지 않나 싶었지만, 그들은 개의치 않아 보였다. 어깨를 움츠리고 서로 옆 사람에게 자리를 비켜주었다.

"여기 와, 언니. 조금 더, 조금 더 바싹 붙어."

진하고 촌스러운 화장을 한 여자들이 일렬로 선 채 나를 바라보고 있었다. 나는 엉거주춤 그들을 마주 보고 섰다.

"지금요?"

"응, 지금."

나는 조심스럽게 촬영 버튼을 눌렀다. 하나, 둘, 셋 소리와 함께 여러 장을 찍었지만, 그녀들은 만족하지 않는 것 같았다. 아가씨, 한 장만. 한 장만 더. 그들은 서로의 어깨를 보듬어 안기도, 팔을 들어 옆 사람과 하트 모양을 만들기도 했다. 누군가가 검지와 엄지로 하트를 만들자, 옆에 있는 사람들이 그 사람의 포즈를 따라 했다. 그들은 하트를 만들면서 이쪽을 향해 보고 웃었다. 나는 그 모습도 찍었다. 정오의 햇빛이 갑자기 들어와, 화면에 있는 모든 얼굴이 하얗게 변한 것 같았지만, 아무래도 상관없다는 생각이 들었다. 그런대로 나쁘지 않아 보이기도 했다. 나는 망설이며 천천히 촬영 버튼을 눌렀다.

"고마워요."

한참 후 사진을 부탁했던 아주머니가 조심스럽게 핸드폰을 받아들었다.

"예쁘네."

그녀는 화면을 보자마자 웃었다. 그녀는 제자리에 선 채 한참 동안 모든 사진을 넘겨보았다. 사실 그중에서 잘 나온 사진은 없었는데도, 사진들이 모두 마음에 드는 눈치였다. 구도가 맞지 않거나 양옆에 서 있는 사람들의 어깨가 잘려 나간 사진도 있었지만, 정말 모든 게 괜찮은 것 같았다.

"이것 봐봐."

그녀가 소리 내어 부르자, 나머지 사람들도 우르르 몰려왔다. 그들은 작은 핸드폰 화면을 함께 들여다보았다. 그리고 핸드폰을 돌려보며 감탄했다.

"고마워요. 아가씨."

핸드폰의 주인인 그녀가 나를 보며 웃었다.

"아가씨들도 여기에 서."

"네?"

"우리도 찍어줄게."

나는 손사래를 쳤다.

"괜찮아요."

"왜? 사진은 이런 데서 찍는 거야."

"그래, 좋잖아, 여기."

그들은 맞장구를 쳤다. 나는 뒤를 돌아보았다. 조금 떨어진 곳에서 선영이 의아한 얼굴로 나를 보고 있었다.

"친구도 이리로 와봐요."

한 아주머니가 웃으며 손짓을 했다. 선영은 주춤거리며 천천히 다가왔다. 선영은 내 옆에 바로 섰지만, 선뜻 그녀들이 가리키는 곳으로 가지 않았다. 아주머니 중 하나가 선영의 팔을 덥석 붙잡았다.

"저기 서봐. 친구끼리, 사이좋게."

선영은 뒷걸음질 치며 팔을 뺐다.

"괜찮아요."

선영은 무뚝뚝하게 말했다. 그녀가 의아한 얼굴로 선영을 바라보았다.

"그리고 저희…… 친구 아니에요."

선영은 아무것도 담겨 있지 않은 목소리로 담담하게 말했다. 그리고 무표정한 얼굴로 천천히 내 쪽을 바라보았다.

호수는 생각보다 드넓은 곳이었다. 조금 더 산 깊숙이 들어가자 어느 순간부터 데크 길은 끊어졌고, 아직 데크를 만드는 공사 중인지 자재들이 비닐 포에 감싸인 채 여기저기 놓여 있었다. 사람들도 여기까지 오지 않고 돌아가는 듯했다. 조금 전과 다른 황량한 흙길이 펼쳐졌다.

"길을 잘못 들었나 봐."

선영은 조금 놀란 얼굴로 주변을 살폈다. 어느 순간부터는 뜬금없이 식당들이나 카페가 늘어선 곳이 보였다. 선영과 나는 얼떨떨한 얼굴로 거리를 걸었다. 우리는 호수가 아닌 쪽으로 걸음을 옮겼다. 내려가는 길을 찾기 위해서는 그 편이 조금 더 나은 방법인 것 같았다.

선영과 나는 거리에서 조금 떨어진 한 허름한 식당 앞에 멈춰 섰다. 식당 앞에는 큰 수조가 있었다. 우리는 멍하니 수조 안에 든 물고기들을 구경했다. 탁한 물속에서 이름 모를 작은 물고기들이 천천히 똬리를 틀며 같은 자리를 맴돌았다. 우리는 병든 것처럼 지느러미를 느리게 움직이는 작고 검은 물고기들을 멍하니 바라보았다.

"들어갈까?"

선영은 내 쪽을 보며 조심스럽게 물었다.

"점심도 못 먹었잖아. 잠깐이라도 몸 좀 녹이자."

내키지 않았지만, 선영의 말에 나는 말없이 고개를 끄덕였다. 선영과 나는 머뭇거리며 식당 안으로 들어갔다. 식당에는 우리를 제외하고 손님은 아무도 없었다. 우리가 자리에 앉자, 한참 후 주방에서 등이 굽은 노인이 느린 걸음으로 걸어 나왔다. 그녀는 물과 물수건을 가져다준 후 빠르게 다시 주방으로 사라졌다. 우리가 부르는 소리에도 노인은 아무런 대답이 없었다. 메뉴가 없어, 무엇을 주문해야 할지 머뭇거리는 사이 노인이 맑은 국을 가져왔다. 주문할 수 있는 음식이 이것밖에 없는 것 같았다. 선영과 나는 생전 처음 보는 국을 내려다보았다.

"조금이라도 먹어."

선영은 너무 추운 곳에 있었잖아, 하며 내 쪽으로
그릇을 밀었지만, 정작 자신은 아무것도 먹지 못했
다. 선영은 국을 조금 뒤적거리다 숟가락을 내려놓
았다.

"너는?"

"나는 괜찮아."

선영은 천천히 고개를 저었다. 그리고 그릇에 양
손을 댄 채 손을 녹일 뿐이었다. 나는 선영의 성화에
못 이겨 숟가락으로 국을 떠먹었다. 어쩌면 아까 그
호수에 있었던 물고기들일지도 모르겠다는 생각이
들었다. 하지만 민물고기를 이렇게 요리하는 게 맞
나, 라는 생각이 들었다. 국물을 떠먹을 때마다 목이
간지러웠다. 선영은 몇 번 더 권유했지만, 더는 먹지
않았다. 국은 빠르게 식었다. 선영과 나는 서로 입을
꾹 다문 채 괜히 하얗고 조그만 생선 뼈가 든 그릇을
오랫동안 뒤적거렸다. 식사를 마치고 화장실에 다녀
오자, 선영은 어느새 계산을 치르고 밖에서 나를 기
다리고 있었다.

핸드폰으로 위치를 가늠하고 주위에 있는 사람들에게 물어본 끝에야, 산 중턱에 있는 버스정류장의 위치를 알 수 있었다. 호수 쪽이 아닌 다른 방향으로 내려가는 길이었다. 왔던 길을 돌아가는 것보다는 이 편이 훨씬 더 빠를 것 같았다. 우리는 그곳으로 걸어가기로 했다. 어느새 호수는 거짓말처럼 어디에서도 보이지 않았다. 우리는 천천히 산길을 내려갔다. 조금 전과는 다른 풍경에 얼떨떨했지만, 이내 조금씩 익숙해졌다. 호수 근처만큼은 아니었지만 이상하게도 이곳에서도 축축한 기운이 주변에 감돌고 있었다. 생각보다 호수에서 멀리 떨어진 것이 아닐지도 모르겠다는 생각이 들었다. 어쩌면 그냥 옹달진 곳이라 그런 기분이 드는 것일 수도 있었다. 해가 들지 않는 곳인지, 여전히 새하얀 눈길이 펼쳐져 있기도 했다.

"너무 고요하다."

"응."

"지나치게 조용해서 기분이 이상해."

"나도 그래."

나는 선영을 따라 힘없이 웃어 보였다. 선영과 나는 침묵한 채 나란히 서서 계속해서 길을 내려갔다. 사람들이 아무도 없는 곳에서 고요히, 우리가 천천히 눈을 밟는 소리만이 들릴 뿐이었다.

"그래도 좋은 곳이더라."

선영의 말에 나는 고개를 끄덕였다.

"여기서도 보일까?"

선영은 넌지시 내 쪽을 바라보았다. 나는 아무 말도 하지 않았다. 마지막으로 한 번만 더 보자. 선영과 나는 잠시 멈춰 서서 뒤를 돌아보았다. 호수는 작은 점이 되다 못해 사라진 지 오래였다. 그나마 우리에게 익숙했던 곳들도 더는 보이지 않았다.

"언젠가 다시…… 올 수 있을까."

선영은 무덤덤한 목소리로 물었다. 하지만 딱히 대답을 바라는 것 같지 않았다. 우리는 침묵한 채 다시 우리 앞에 놓인 길을 바라보았다.

나는 연주에 대해, 그리고 선영에 대해 생각했다.

이제 이 길을 내려가면 선영과 나는 두 번 다시는 보지 않을 것 같았다. 이제 이 세상 아무 곳에서도 연주를 더는 보지 못하는 것처럼. 우리가 다시 만날 일은 영원히 없을 것 같다는 생각이 들었다. 그리고 조금씩, 분명하게 그 시간이 다가오고 있다는 기분을 떨칠 수가 없었다.

"잠시만."

선영은 걸음을 멈춘 채 주머니에 손을 넣었다. 오랫동안 주머니를 뒤적인 후 펼친 손바닥에는 박하사탕 두 개가 놓여 있었다. 선영은 힘없이 웃었다.

"아까 계산하면서 갖고 왔어."

선영은 가볍게 내 손을 가져와, 손바닥을 폈다. 그리고 그 위에 아무런 무게가 느껴지지 않는 사탕을 내려놓았다.

"디저트야."

나는 멀뚱히 내 손바닥에 놓인 사탕을 내려다보았다. 선영은 보란 듯이 껍질을 까고, 그 안에 있는 하얀 사탕을 꺼내 보였다. 그리고 입속에 털어 넣었다.

"먹어봐."

나는 선영처럼 껍질을 까고 사탕을 꺼냈다. 그리고 입속에 조심스럽게 넣었다. 입안에 한가득 침이고였다. 화하고, 쌉싸름하고 개운한 맛이 입안에서 퍼졌다. 선영은 웃으면서 혀를 내밀었다.

"뭐야."

선영은 그 말에 에— 하고 더 길게 혀를 내밀었다. 붉은 혀끝에 위태롭게 하얀 사탕이 놓여 있었다. 잠시 후 선영은 다시 혀를 날름거리며 사탕을 입안에 감췄다. 선영의 볼이 조금 부풀었다.

"녹을 때까지 기다리자."

선영은 다시 혀를 내밀고 반짝거리는 사탕을 내밀었다.

"너도 해봐."

갑작스러운 선영의 권유에 나는 조심스럽게 혀를 내밀었다. 소스라치게 차가운 공기 속에서 침이 말라갔다. 잠시 후 내 혀의 온도에 서서히 사탕이 녹는 것이 느껴졌다. 천천히 단맛과 함께 쌉싸름한 맛이 퍼졌다. 추운 겨울 공기 속에서 더욱더 박하사탕의 화한 맛을 또렷하게 느낄 수 있었다. 신기하다. 나도 모르게 작은 소리로 감탄했다. 새삼 이상하고 낯선 감각이었다. 모든 게 서서히 사라지고 있었다. 사라져버리는 것…… 하지만 모든 게 완전히 사라져도, 그때까지 조금의 시간은 있지 않을까. 아주 잠시만이라도. 선영은 웃고 있었다. 하지만 이상하게 울고 있는 것처럼 보이기도 했다. 선영은 천천히 손을 뻗더니 내 손을 쥐었다. 나는 망설이다 선영의 손을 잡았다. 선영의 손은 생각했던 것보다 따뜻했다. 나도 모르게 손에 힘을 주어 조금 더 바짝 선영의 손을 붙잡았다. 이상하게도 간절한 마음이 들었다. 그리고…… 안타까운 마음이 들기도 했다. 언제까지 이 손을 잡을 수 있을까.

괜찮아.

선영은 그렇게 말하는 것 같았다.

이제 막 녹기 시작했을 뿐이야.

우리는 시간이 멈춘 듯 그 자리에 선 채 가만히 서로의 혀를 바라보았다.

아무리 생각해봐도 세상에서 제일 힘든 일은 '사람을 잃는 일'인 것 같다. 누군가와 헤어지는 것이 가장 어렵고, 마음 아프다. 그 구멍은 어떻게 해서도 메울 수 없는 것 같다. 그래서 점점 더 누군가에게 마음을 주는 일이 어렵다.

이따금 일상을 마치고, 집으로 돌아가는 길이면 더는 연락을 하지 않는 사람들의 안부가 궁금해진다. 밥은 잘 먹고 있는지, 잠은 잘 자는지, 늦은 밤까지 울지 않는지……. 많은 것을 묻고 싶은데, 내가 왜 이런 것을 궁금해하나, 물을 자격은 되나, 같은 생각이 들어 절레절레 고개를 젓기도 한다.

하지만 이상하게 마음이 간다.

마음이 가는 일은 어쩔 수 없는 것 같다.

디저트를 먹는 이유 중에는 식사를 마치고 나서도 드는 아쉬움도 있다고 생각한다. 배가 부르지만, 더 무언가를 먹고 싶은 마음. 달거나 차가운, 혹은 따뜻한 무언가를 먹으며 그런 마음을 달래는 것.

혼하디혼한 사탕이지만, 헤어지려는 인물들에게 사탕 하나가 녹는 시간 동안 온전히 같이 있게 해주고 싶었다.

그래, 마음이 가는 일은 정말 어쩔 수 없으니까.

정말 마지막으로, 한 번만 더.

사람의 마음은 참 이상하다.

Stollen

라이프피버

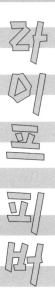

이
지

"그건 실패한 인생이야."

붙박이장 같은 삶, 나고 자란 곳에서 벗어나지 못한 인생에 대해 나는 종종 이렇게 말했다. 우리는 그저 세상에 더해진 존재, 누군가의 씨앗으로 나온 생명체일 뿐이다. 그 굴레에서 벗어나는 '거의 유일한 길'은 사는 곳을 완전히 바꿔버리는 거라고. 무슨 이론이라도 되는 양 지껄이면 킴은 이런 말로 지그시 나를 누르기도 했다.

"다나 씨는 가끔, 자신의 말에 갇혀 있어."

나는 킴과 함께 산다. 킴이 아니라 김이라고 해야 맞지만 어쩐지 '킴'이라고 발음할 때의 그 '크'한 맛이 좋아 나도 류블랴나 사람들처럼 그를 킴이라고 부른다. 킴의 말과 내 이론을 합치면 나는 '기껏 떠나와서 갇혀 있는 사람'이다.

나는 한국을 떠나온 후 어머니 집에 단 한 번 방문했다. 그렇다. 나는 류블랴나에 살고 어머니는 서울에 산다. 슬로베니아와 한국. 그렇게 멀리 산다. 불가피한 이유는 없다. 떠난 김에 돌아가지 않을 뿐이다. 그 마음이 불가피한 이유라면 그런 셈이다.

이런 이유로 어머니의 집 근처에 다 와서 나는 조금이라도 늦게 들어가고 싶어 미적댔다. 이십 년을 넘게 산 오래된 집. 어머니는 아직도 그 집에 살고 있다고 했다. 아직 이른 아침이기도 해 문 열린 베이커리 카페에 캐리어를 끌고 들어갔다. 빵 냄새 가득한 공간에 들어서자 어제 떠나온, 내가 살고 있는 나라가 벌써 그리웠다. 우리끼리는 류국, 혹은 '술'로베니아라고 부르는 유럽의 작은 나라.

갑자기 울렁거렸다. 류블랴나에 갔을 때 한동안 지속적으로 꾸던 꿈이 생각났기 때문이다. 나는 수의를 입고 감옥에 있다. 어머니는 면회를 온다. 어머니는 큰 피크닉 가방에서 통닭과 김밥 그리고 케이크와 아이스크림을 꺼낸다. "녹기 전에 먹으렴." 그 말에 나는 허겁지겁 아이스크림부터 먹는다. 그걸 보며 어머니는 비웃는다. "디저트부터 먹어 치우는 멍청한 것." 나는 어둡고 어머니는 이물스럽다. 그 꿈을 꾼 날은 동네 카페에 가서 크림이 가득 들어간 크렘나 레지나를 먹었다. 류블랴나 카페에서 흔히 파는, 빵의 반이 크림으로 가득한 부드러운 크림 케이크. 그러면 비로소 악몽에서 깨어났다.

"마지막 슈톨렌은 행운의 상징이죠."

그날 나는 슈톨렌을 사 갖고 들어갔다. 십 년 만이니 그보다는 좀 더 인사가 되는 걸 들고 가야 했지만, 너무 오랜만의 고된 여정에 혼이 나가버렸다. 류블랴나에서 암스테르담을 경유해 몇 시간씩 대기하고 다시 인천공항을 통해 서울 어머니의 집으로 가는 구도는 다분히 기하학적이었다. 주인은 딱 하나 남은 슈톨렌을 포장해주었다. 크리스마스 시즌이었다.

언니에게 '이제' 집에 좀 와야 하지 않겠냐는 간결하지만 단호한 메일이 온 그날 나는 공교롭게도 교외 마을 크란에서 류블랴나로 이사를 하고 있었다. 슬로베니아 내에서 두 번째 이사였다. 말이 통하는—
같은 나라 말을 쓰는— 킴과 집을 합쳤다. 우리는 연
인은 아니었지만 집세도 아끼고 한국 음식을 함께 해
먹을 생각에 약간은 들떠 동거를 결정했다.

"참 이상해. 그녀와 헤어지고 나서는 모든 게 정상
으로 돌아왔어."

킴은 사 년의 결혼생활을 끝내고 혼자 일 년을 살
았다. 사 년간 그는 돈을 번 일이 없다고 했다. 동굴
에 갇힌 듯 결박되어 사회생활을 할 수 없었다고 한
다. 지금의 킴에게서는 상상할 수 없는 모습이다. 헤
어지고 더 좋아지는 사람들이 있다.

나는 어땠을까. 루니와 나는 침묵하는 시간이 길
었다. 같은 드라마를 보면서도 다른 생각을 했을 것
이다. 넘치는 열정으로 국경을 넘을 때만 우리는 잠
시 아름다웠던 것 같다. 아니 그것도 모르겠다. 호르
몬의 일이 타인에게 아름다울지는.

나는 십 년 전 조카, 그러니까 이부 언니의 딸에게
서 애인을 빼앗았다. 하지만, 사람이든 사랑이든 뺏
는다는 게 실제로 가능한가? 그러므로 나는 그것에

일말의 죄책감이 없었다. 무엇보다 죄책감이란 죄를 짓고 난 이후, 여유가 생긴 어느 미래에 비로소 생기는 건데 내게는 그런 시간이 오지 않았으므로 불가능했다. 언니와 나는 나이 차가 컸고, 조카와는 자매 같았다. 나는 그때 그런 짓을 벌이면서도 이 모든 일의 근원에는 어머니가 있다고 생각했다. 누가 이런 가정을 만들라고 했나. 누가 셋을 자매처럼 자기 근거리에 가둬놓으래. 누가, 누가. 다 이건 어머니가 원인이다, 라고.

"그래. 왔니."

십 년 만에 만난 어머니의 일상적 인사말에 '다녀왔습니다'라고 할 뻔했다. 집은 익숙했지만 낯설었다. 십 년간 종종, 아니 실은 자주 떠나온 집을 떠올렸다. 작은 바람에도 덜컹거렸던 창문, 새어 들어오던 바람, 누런 장판 바닥 사이를 비집고 나오던 돈벌레, 바퀴벌레, 크고 작은 개미들. 거실과 주방의 나무 바닥과 꽃무늬 벽지. 그곳에 방치된 어머니의 그림들. 거기 더해진 어머니가 판매하던 골동품들. 그런 것들이 스틸 사진 한 장처럼 정지된 장면으로 떠올랐다. 어머니의 집이라고 말하지만 떠날 때까지 나도 함께 살던 집이다.

현관에서 신발을 막 벗으려던 찰나 어머니는 기침을 시작했다. 잔기침으로 시작해 몸통이 울리는 심한 기침까지 한참 지속됐다. 엄마의 얼굴이 기침으로 빨개졌다가 하얗게 되었다 본얼굴로 돌아오기까지 나는 신발을 벗지 못했다. 연극무대에서 주인공의 대사가 끝나길 기다리는 조연배우처럼 계속 서 있었다. 그리고 곧 떠올랐다. 어머니는 십 년 전에도, 이십 년 전에도, 그 이전에도 항상 어딘가 불편하고 아팠다는 걸. 세상의 모든 어머니가 그런가. 어머니가 하나라 잘 모르겠다. 그래도 그 덕에 십 년 만에 엄마를 자세히 들여다볼 수 있었다. 자주색 벨벳 원피스 안에 감춰진 육감적인 몸매, 아직도 팽팽하고 매끄러운 피부 결, 진주 목걸이, 그리고 손목에서 빛나는 까르띠에 시계. 결국 어울리지 않는 그걸 샀구나. 내 시선은 어머니의 희끗희끗한 머리에서 멈췄다. 그것만이 세월의 흐름을 보여줬다. 하지만 그래서일까. 마치 분장 같았다. 노역을 맡은 젊은 배우의 머리. 그날 그 순간 어머니를 바라보며 나는 화장을 한 채 잠드는 드라마 속 여주인공을 떠올렸다.

"아이고 그래. 슬로베니아에서 사 온 거구나?"

내가 돌아온 것도 뭔가 사 온 것도 매우 다행이라는 듯 종이 가방을 낚아챘다. 그리고 어색한 몸짓. 손짓. 할머니 흉내와 교양 있는 서울 사람이 쓰는 하이톤의 표준어가 묘하게 섞여서 더욱 그 시절 그 '엄마'처럼 보였다. 사랑을 받아내겠다는 의지가 여전히 강렬한 어머니는 내가 슈톨렌을 류블랴나에서부터 들고 왔다고 믿는 것처럼 굴었다.

어머니의 등을 보며 신발을 벗고 마룻바닥에 발을 딛자 바로 균형감각이 무너졌다. 내가 신고 온 구두는 내 다리 길이를 감안해 좌우 굽 높이가 다르게 만들어졌다. 슬로베니아 정부에서는 해마다 장애인을 위한 구두 바우처를 준다.

"해나니?"

어머니는 내가 자리에 앉기가 무섭게 언니에게 전화를 걸어 내가 왔다고, 슬로바키아 빵을 사 왔다고 보고를 했다. 슬로베니아를 슬로바키아라고 잘못 말

한 것이나 빵에 대한 뻔한 거짓말보다도, 그 발화 대
상이 해나 언니라는 것에 나는 당황했다. 십 년 만에
마주 앉았지만 어머니는 내가 아닌 이부 언니와 대화
를 시작한 것이다. 그것도 내 등장을 소재로. 물론 아
침마다 통화하는 게 저 모녀의 루틴일 수도 있다.

　어머니의 해와 달. 해나와 다나. 이게 우리 자매의
이름이다. 엉거주춤 통화가 끝나길 기다리는 내게
어머니는 "바꿔줄까?" 했고, 나는 황급히 소리쳤다.
"아니요!" 아마 동시에 수화기 저편의 언니도 같은 말
을 했을 것이다. 십 년 전 말없이 집을 떠날 때 우리
에겐 절연의 운명이 기다리고 있었다. 원인 제공자
는 물론 나다.

　"이건 슬로바키아 빵도 슬로베니아 빵도 아니고,
엄밀하게 따지면 독일 빵이에요. 우리나라로 치면
송편이나 떡국 같은 명절 음식 같은 크리스마스 빵.
그리고, 나는 정확히 슬로베니아에 살고 있어요."

　이게 내가 집에 도착해 처음 길게 한 말이다. 프랑
스의 갈레트까지 들먹이려는 싶은 마음은 눌러두고
말했다. 나는 '이제' 어머니보다 세상을 많이 알아요.

실은 예전에도 그랬어. 이런 느낌을 전달할 수 있는 말들. 어머니는 내가 소리치듯 말했음에도 전화를 끊지 않았다.

방 세 개, 작은 거실과 주방. 집의 구조는 그대로였지만 어쩐지 낯설었다. 오래된 주택은 십 년 만큼 더 낡아 있어야 했지만 나무 바닥은 카펫으로 바뀌었고, 갓 페인팅한 듯 벽은 깔끔했다. 그대로인 건 집에 비해 과한 크기의 테이블뿐이었다. 핀 율의 1950년대 빈티지 테이블. 우리 집의 주인. 어머니는 추억을 붙잡고 사는 사람이었다. 리빙 매거진에서 에디터로 일했던 어머니는 내가 중학교에 갈 때쯤 회사를 그만두고 빈티지 숍을 차렸다. 오래 해온 일에서 아이디어를 얻은 거였겠지만 그로 인해 집은 언제나 창고 같았다. 테이블 위에는 언제나 어수선하게 판매용 물건이 쌓여 있었다. 자개 소반이며 바구니, 빈티지 박스 등 다양했다. 그리고 그 위에는 액세서리가 들어 있는 작은 접시들이 포개져 있었다. 거기 놓인 깃털이나 진주 목걸이들은 아직도 생생하다.

떠나던 날이 생각났다. 가뜩이나 좁은 구옥 현관

복도에는 책이며 낡은 영화 포스터, 잡지들이 양쪽으로 가득 세워져 벽을 이루고 있었는데, 황급히 나서다 그 일부를 무너뜨리는 바람에 쪼그려 앉아 정리해야 했다. 베케트의 오래된 판본 《고도를 기다리며》부터 일본, 프랑스, 독일의 요리책과 여행서, 그리고 오래된 영화 포스터까지. 확 다 쓸어 던져버리고 싶은 마음을 누르고, 쪼그리고 앉아 다시 벽을 쌓고 집을 나섰다. 그게 이 집에 대한 마지막 기억이다. 그리고 비로소 내 방 앞에 섰을 때 막 전화를 끊은 어머니가 소리 지르듯 말했다.

"그 방은 비앤비를 하고 있어. 네가 온다고 해서 손님을 받지 않았다. 열어봐도 돼."

그 말에 문을 열지 못했다. 어머니는 어떤 말도 상대를 탓하듯 하는 재주가 있었다. 남의 방 앞에 선 기분. 하지만 그보다 어머니가 비앤비를 한다는 현실에 놀랐다. 둘러보니 시리얼 통이며 일렬로 놓인 이케아 컵 등이 전형적인 비앤비 응접실 같기도 했다. 양산된 공산품을 어머니는 지극히 싫어했다. 물건의 숨결, 역사, 흔적, 유니크, 엣지. 이런 단어가 우리 집에서는 늘 오갔다. 평범한 한국형 냉장고 옆에 놓인 폭스바겐 로고가 새겨진 레트로 냉장고만이 엄마의 자존심을 지켜주는 것 같았다.

바닐라 향이 나서 보니 어머니가 전자담배를 피워 물고 있었다.

"전세를 줬었는데, 그 젊은이들이 비앤비를 해도 되느냐고 묻더라고. 걔네가 아주 오래 했어. 작년에 다시 들어오면서 이어받아서 하는 중이야."

어머니가 이 집을, 떠나 있었다고 했다. 나와 마찬가지로.

"아버지 그렇게 가시고, 너 떠나고. 느이 언니가 많이 도와줘서 하고 있어. 여자 손님만 가끔 받아서 크게 힘들지는 않아."

합리적인 선택일 수 있다. 다만 어머니의 변화가 놀라웠다. 어머니에게는 결벽증이 있었다. 내가 캐리어를 현관에 둔 채 들어온 것도 그런 연유였다. 몸이 기억하는 습관. 어려서 나는 어머니가 빈정거리고 상처 주는 말을—'그럴 줄 알았지' '네 피가 그렇지' '그렇게 똑똑한 애가 왜 그런 건 깜빡하고 다닐까?'— 할 때마다 엄마 신발에 초콜릿을 쏟거나, 흰 티에 짜장 소스를 묻히는 벌을 주고 싶었다. 몇 번 벌을 받으면 다시는 그런 말을 하지 않을 텐데.

"그래. 건강하니."

비로소 안부를 묻는 어머니의 시선은 내 다리에 머물렀다. 내 다리는 어머니의 오랜 근심이었다. 반대로 어머니의 담배는 내 오랜 굴레였다.

"내 새끼가 저런데, 제정신으로 살 수가 있어야지."

그렇게 밤새워 일할 때도 안 피우던 담배에 손을 대게 된 이유가 나였다는(정확히는 내 다리) 화석 같은 말. '내 새끼가 저 모양인데'. 콜록, 콜록. 나는 몸이 안 좋다. 너희 아버지 때문에 너희 고모 때문에 너희 할머니 때문에. 그리고 너 때문에. 그러므로 어머니의 기침은 노화 때문이 아니었다. 나는 사춘기 즈음이라도 술과 담배 때문이라고 대놓고 말해본 적도 없다. '그냥 그건 엄마의 인생 때문이에요!' 응답하지 않는 게 나름의 복수였다. 깔끔을 떨면서 담배를 피우고, 건강을 염려하면서 매일 술을 마시는 어머니. 모순덩어리. 잊고 지낸 모든 것이 정말 한순간에 다

떠올랐다. 하지만 이제 더는 어린애가 아니다. 어머니만 모순덩어리가 아니라, 나도, 세상 사람들도 그렇다는 걸 안다.

"홍차가 나으려나. 아니면, 이거 어떨까 모르겠다. 이른 시간이니 밥보다 네가 사 온 걸 맛보는 게 낫겠어. 간장게장이랑 돼지갈비 준비해뒀으니 천천히 먹으면 되고. 그리고 김이 그쪽에서 귀하다지? 곱창김도 주문해뒀어. 가져가라."

간장게장은 언니가, 돼지갈비는 언니의 딸이 좋아하는 거였다. 김은, 그래 김은 킴과 나눠 먹으면 되겠지.

어머니는 슈톨렌과 어울리는 차를 찾느라 분주했다. 물은 이미 끓고 있었다. 계속 차 이름을 읽으며 내게 물어보기를 반복했다. 어머니는 침묵을 견디지 못했다.

"이거 마셔볼래? 해나가 가져온 거야. 밀키우롱? 대만 차라는데 부드럽고 맛있어. 뭐 너는 거기서 더 좋은 거 많이 먹겠지만."

언니는 여전히 구청에서 일할 것이다. 어머니는 언

니를 대학교에 다닐 때 낳았다. 그래서일까. 둘은 늘 친구 같았는데, 물론 그건 연배의 문제만은 아니다. 부모 자식도 궁합이 있다. 둘은 자주 내가 모르는 이야기를 나눈다. 헤겔이나 사무엘 베케트라든지, 외젠 이오네스코, 카뮈와 사르트르. 책을 찾아 읽어본 적은 있지만, 나는 그 대화에 끼어들지 못했다. 사실은 책도 잘 이해가 가지 않았다. 내게는 난독증이 있었다. 어머니는 해나의 아버지와 내 아버지 중 누구를 더 사랑했을까. 아니 누구를 사랑하기는 했을까.

"대가 없는 섹스는 하는 게 아니야."

내가 스무 살이 됐을 때 어머니가 해준 말이다.

슈톨렌 포장을 벗겨 얇게 썰었다. 굳이 내가 포장을 뜯은 까닭은 베이커리 카페의 로고 스티커를 떼기 위해서였다. 뻔한 거짓말일망정, 그래야 할 것 같았다. 슈톨렌은 밀도가 높아서 얇게 썰수록 맛이 있다는 말을 떠올렸다. 얇게라면 얼마큼이지. 손에 자꾸 슈거 파우더가 묻었다. 어머니와 나는 마주 앉아 우물우물 슈톨렌을 먹었다. 우물거리는 소리만 들렸다. 나는 십 년 만에 어머니를 만나 서울에서 파는 독일 빵을 먹을 거라고는 예상치 못했다. 그렇지만 '성의'라는 낱말을 떠올렸다. 함께 살 때 어머니와 나는 성의가 부족했다. 거짓말도 성의라면 성의다. 상처를 주지 않으려는 노력.

커피포트 속의 물은 수시로 끓었다 식기를 반복했다. 맹렬하게 끓는 소리가 날 때 나는 이상하게 더 한기를 느꼈다. 바깥은 분명히 서울의 오래된 골목길인데, 문을 열면 눈보라가 치는 벌판이 나타날 것만 같았다. 그때 나는 가본 적도 없는 북극의 이글루 안에 있다고 착각했다. 그리고 그것은 함께 있던 어머니의 두려움 같은 것이 전이된 것이라는 걸 지금은 안다.

테이블은 아버지가 병상에 누워 있던 때 엄마가 빚 대신 받아온 물건이었다. 아마 아버지의 오랜 지인이었을 거다. 이쯤 되면 사물에도 혼이 있는 게 당연하지. 문득 아버지 병실에서 보냈던 십 년도 더 된 크리스마스가 떠올랐다. 나는 그때 내 인생이 이렇게 흘러갈 거라고는 전혀 상상하지 못했다. 그건 지금도 마찬가지지만.

장례식을 마치고 집에 돌아왔을 때 빈티지 테이블이 아버지 대신 떡하니 자리를 차지하고 있었다. 아버지가 죽고 장례식을 하는 번잡한 상황에서 사람을 시켜 테이블을 가져온 것에 놀랐고, 테이블의 크기에 놀랐고, 그게 기천만 원 한다는 사실에 또 놀랐다. 그 중 가장 놀라운 건 그걸 가져온 어머니의 근성이 아니라, 좀처럼 돈으로 환산될 것 같지 않은 재물을 챙겨온 어머니의 의외의 빈틈이었다.

　아직도 돈으로 환산되지 못한 빈티지 테이블. 그 테이블의 다리 사이에 가지런히 모인 내 다리를 바라보며 이 다리들의 운명에 대해 생각했다. 그저 오래되고 낡았을 뿐인데 빈티지라 포장돼 비싼 가격을 기대받는 테이블의 마음은 어떨까. 비싸게 팔리고 싶을까. 그냥 체념했을까. 그렇게 테이블에 대해 생각하는 척했지만 실은 끊임없이 어머니를 살피고 있었다. 어머니도 나를 살폈을 것이다.

　"들어올 때 다른 건 다 정리하고, 이거만 갖고 왔지."

　이 말을 하면서 어머니는 내 다리를 뚫어지게 바라봤다. 어머니 눈빛은 여전했다. 실패작을 바라보는 그 눈빛.

"정말이지 목숨처럼 끌고 다니네요."

나는 또 성의를 잃고 이렇게 말했는데, 이건 전적으로 실수였다. 외국에 오래 살다 보면 한국말 조절이 어려워진다. 욕을 해도 타인이 잘 모르니까 속으로 하는 말과 발설의 경계가 불분명해지는 거다. 그리고 비로소 생각났다. 나는 자주 어머니의 속됨을 비꼬았고, 어머니는 내 다리를 비꼬았던 시절이. 나는 그 긴장감이 싫었다. 무엇보다 불공정하다고 생각했다. 속됨은 수정이 가능하지만 다리는 내 의사와 관계가 없으니 말이다. 하지만 후에 알았다. 못된 것도, 이상한 성격도 절뚝거리는 다리처럼 타고난다는 걸. 그냥 그렇게 생겨먹은 것이다. 알아도 바꿀 수 없다. 나는 다리만이 아니라 성격도 비뚤어졌다는 것을, 어머니처럼 눈으로 욕하는 재주 역시 있다는 것도 지금은 안다.

"근데 비앤비에서 담배 피워도 돼요? 사람들이 그걸 알고도 오나? 그리고 슈톨렌은 와인 안주예요. 알코올중독자 집이라 당연히 술은 있을 줄 알았는데,

웬 차?"

분명히 바닐라 향을 맡았으면서도 난 이렇게 말해버렸다.

"똥 뀐 놈이 성낸다더니."

브라보. 이렇게 나와야 어머니였다. 내가 먼저 시비를 걸었으니 할 수 없었다. 뒷말은 삼켰지만 내 귀에는 들렸다. '시거든 떫지나 말라더니 잘못 태어난 게 꼭 그 티를 내니?' '못된 송아지 엉덩이에 뿔 난다더니', 전래동화에서 채록한 것 같은 이디엄들. 아름다운 크리스마스 식탁에서 다시 케케묵은 과거를 들춰내는 데는 몇 분이 채 걸리지 않았다. 그리고 다시 둘 다 입을 다물면 들리는 입의 움직임. 우물우물. 그리고 물 끓는 소리. 물론 내가 어머니에게 다정함을 기대한 것은 아니다. 어머니는 자기 자신 외에 불쌍한 사람이 없었다. 비난은 타인에게, 신파는 본인에게 아주 편리하게 사용했다.

무엇보다 나는 명백한 죄인이었다. 그 요란스러운 사연의 주인공 루니가 다른 여자와 손을 잡고 다닌 건 이미 오래전이다. 누구에게나 삭제하고 싶은 과거가 있다. 그 장면이 내 인생이 아니라고, 없던 셈 칠 수는 없지만, 가장 아래 서랍 깊숙이 넣고 봉인하고픈 그런 장면. 인생은 다양한 방법으로 망할 수 있다. 루니와 나는 흔한 드라마처럼 끝났다. 모든 멜로드라마의 최종회처럼 시시하고 뻔하고 재미없었단 소리다. 그는 자주 뜨거웠고 또 자주 식었던 것 같다. 나는 요코 때문에 그가 떠났다고 생각했지만, 사실 정확하지는 않다.

"나는 우리가 어디에 있는지 모르겠어."

루니가 남긴 모호한 말. 어쩌면 그것은 성의였을지도 모른다. '마음이 닿지 않아' '억지로 할 수 있는 것들이 세상에 있을까', 이런 말들은 '이제 너를 사랑하지 않아' '네가 불편해'보다 확실히 성의가 있다. 하지만 나는 은유를 알아채줄 마음이 없었다. 그는 우아하게 이별을 고했지만, 아직 사랑이 끝나지 않은 모든 실연자와 마찬가지로 나는 잘 알아듣지 못했다. 루니는 정리할 시간을 주겠다며 선심 쓰듯 말하고 집을 나갔고, 오랜 시간 후 돌아와서는 아직도 여기 있느냐는 표정을 지었다. 그때 그의 얼굴에서 어머니를 보았다. 내 잘못이다. 내가 문제라는 무언의 숨소리. 하지만 나는 질척였다. 어머니의 방식으로 질척였다. 아프다고, 하루만 더, 실패하고 싶지 않다고, 하루만 더.

헤어지고 나는 얼마간 폐인이 되었다. 매일 울고, 쉽게 화내고, 자주 밤을 새우거나 반대로 아무 데서나 잠들었다. 루니와 내가 서로 그렇고 그런 세상의 많은 우연적 존재에 지나지 않는다는 것. 내가 인생을 건 하나뿐인 사랑이, 단 하나의 사랑이 아니었다는 사실을 마침내 인정하게 돼서였다. 떠나온 곳으로 돌아가든 돌아가지 않든 내 삶은 그냥 실패였다.

그렇지만 루니를 만나기 전 나는 사랑을 몰랐다. 루니는 내 짝짝이인 다리를 어루만져준 최초의 남자였다. 루니의 미소와 속삭임은 그 사랑을 증폭시켰다. 언덕을 구르는 눈덩이에 비유하면 될까. 맞다. 역시 눈처럼 녹아 없어졌으니까. 남아 있는 당근 조각이나 나뭇가지만이 눈사람의 증거지만, 그것은 눈사람이 아니다.

그와 헤어지고 난 후 나는 노인이 되었다고 생각했

다. 그래서 거울을 볼 때면 깜짝 놀랐다. 생각보다 너무 젊은 여자가 서 있어서. 십 년 전. 나는 조카보다는 어른이었지만, 어렸다. 그래서 그랬다고 핑계를 대는 게 아니라, 내 어린 어리석음에 대해 말하려는 것이다. 나는 모든 젊은 사랑이 그렇듯 기쁨과 슬픔을 구분할 수 없는 상태로 내가 나고 자란 땅을 떠났다.

"맛있구나."

어머니는 아무것도 묻지 않았다. 그것만은 목이 멜 만큼 감사한 일이었다. 어떤 십 년은 인생의 전부에 가깝지만 또 어떤 십 년은 삭제해도 무방하다는 걸 그날 어머니와 마주 앉은 테이블에서 알아버렸다.

루니와 헤어지고 얻은 소득도 있다. 처음으로 어머니의 삶에 대해 '알게 됐다'는 것이다. 이해하는 것과 아는 것은 비슷하지만 다르다. 이해는 시혜지만 아는 것은 당사자성을 띤다. 반대로 따져보자면 아는 것은 알 뿐 그 자체로는 어찌해줄 수 없는 건조한 영역이다. 이해는 생색일망정 그래도 정성스러운 감정이 들어 있다. 나는 어머니의 두 번의 결혼과 아버지 다른 두 딸의 출생, 그리고 그중 하나의 흠결에 대

한 당혹스러움 등을 잘 알지 못했다. 늘 이해하려고
애쓰기는 했다. 그런 노력은 언니가 더 했을 거다. 엄
마의 '해'니까. 언니는 일찌감치 공무원이 됐고, 나도
밥벌이를 제법 빨리 했다. 더 짐이 되어서는 안 됐다.
하지만 나는 탈선했다. 나는 어머니가 아니라 나이
므로, 어머니의 삶보다 내 삶이 당연히 더 소중했다.

　결론부터 말하자면, 나는 그 사건으로 인해 삶의
벌이 사후에 오지 않고, 살아 있는 동안 구현되는 게
분명하다는 증거물이 되었다. 순서가 다를 뿐 배신
은 나도 당했다. 나쁜 년이 되는 게 불쌍한 년이 되
는 거보다 낫겠다 싶어서 돌아오지 않았을 뿐이다.
불쌍함이라면 진저리가 났다. 그러므로 이 드라마에
승자는 없다. 애인에게 버림받은 조카도, 조카의 애
인과 뻔뻔하게 사랑의 언약을 나눈 나도, 한 집안의
두 여자의 운명의 남자가 된 그도 모두 패배자인 셈
이다. 하지만 이런 이야기는 하고 싶지 않다. 갈레트
나 슈톨렌, 애플파이, 와인 같은 것들, 밀키우롱 같은
차 이야기, 혹은 유럽의 현재 정치 상태, 기후 위기나
슬로베니아의 휴양지인 피란에 대해 얘기하고 싶었

다. 특히 어머니와는 말이다.

"계속 머리 하고?"

담배를 끄고 어머니가 말했다.

"네."

나는 머리를 '한다'. 다리가 불편한 내게 이것저것 많이 시킨 게 어머니였다. 하자가 있으니까 기술이 있어야 한다, 공부에 재능이 있어 보이지도 않으니, 하며 말이다.

"괜히 그런 건 가르쳐가지고."

어머니는 다시 담배를 물었다. 담배를 든 손등은 확실히 낡아 있었다. 그다음 말도 나는 알고 있지만 다행히 어머니는 삼켰다. '괜히 그런 걸 시켜서 그놈과 붙어먹었다'고 말하고 싶을 것이다. 틀린 말은 아니다. 조카가 그를 내가 일하는 숍에 데려온 게 그 사태의 시발점이었다. 루니의 구애는 강렬했다.

"내일 염색해드릴게요."

나도 모르게 이렇게 말하고 바로 후회했다. 하지만 순간 달리 할 말이 없었다. 내 가방에는 언제나 가위 세트가 들어 있다. 그날 밤 나는 거의 잠을 설쳤다.

대가는 혹독했다. 나는 다음 날 세 명의 여자를 앞에 놓고 염색을 하고 있었다. 세 사람의 뒤통수를 놓고 어머니는 레드, 언니는 브라운, 조카는 애시브라운으로 약을 맞췄다. 앞모습보다는 뒷모습이 더 편하긴 했다.

내게는 머리카락의 입장에서 생각하는 버릇이 있다. 삼손을 생각하기도 하고, 출가에 대해 생각해보기도 한다. 머리 상태를 보면 그 사람의 거의 모든 것을 알 수 있다. 머리카락을 대하는 태도는 자기 자신을 대하는 태도와 직결된다. 헤어스타일 결정을 도무지 하지 못하는 사람은 작은 실패도 크게 두려워하는 사람이다. 머리를 만져줄 때 잠드는 사람이 반드시 무사태평한 건 아니고 그만큼 머리를 많이 쓰기 때문인 경우가 많다. 거친 머릿결을 만지면 마음이 아프다. 그게 그의 상태일 가능성이 크기 때문이다. 자고 일어났더니 반백이 되었다는 설화는 실제일 수 있다.

'누구나 좋은 머릿결을 가질 수 있다. 두피와 머리카락은 엄연히 다른 존재고, 머리카락은 머리카락의

길이 있고, 두피에게는 또 두피의 삶이 있다. 둘은 상생 관계지만 또 서로에게 좋은 것이 다르기도 하다.'

내가 조카의 남친 루니와 했던 첫 대화는 이런 거였고, 그는 새로운 시각이라며 호감을 보였다. 나는 그때 마냥 기뻤다. 나의 영어를 그가 십 분의 일쯤 알아들었으려나 하는 생각은 해보지 않았다. 미술을 전공한 기자 출신 엄마, 공무원인 언니. 두 사람이 크게 인정해주지 않는 내 직업에 대한 보상이랄까. 엄마의 기술 연연으로 시작했지만 가위질의 매력에 흠뻑 빠져들었다. 밤새 연구를 했고 교육도 빠지지 않았다. 생각보다 빨리 승급했고, 그렇게 시작한 일이 평생 나를 먹여 살리고 있다. 해외에서 더 인정받는 일이기도 하다.

어머니의 머릿결은 생각보다 푸석했다. 언니는 더 했다. 머리를 놓고 보자면 언니가 엄마보다 더 늙은 것 같았다. 그리고 마지막으로 조카의 머리를 만질 땐 원형탈모를 발견했다.

"이게 뭐야?"

내 말에 조카는 바로 대답하지 않았다. 앙금이 있

을 것이다.

"카뮈가 아파서 그렇지 뭐. 무슨 개가 돈이 그렇게 드는지. 온 식구가 달라붙어서 고생했어. 이제 좀 괜찮지?"

카뮈라니. 이 식구들은 여전하구나. 나는 잠자코 머리만 만졌다. 머리를 맡기는 무방비의 여자 셋. 잔뜩 긴장한 건 나뿐인가. 색다른 세 머리를 두고 기분이 이상해졌다.

"루니의 개야. 카뮈."

조카의 입에서 아무렇지도 않게 루니라는 이름이 나왔다.

"그 사람이 떠나기 전날 밤에 나를 찾아왔었어. 며칠만 맡아달라고. 출장이 좀 길어질 거 같다고."

조카가 뒤돈 채 말해서 나를 향한 원망을 느낄 수가 없었다.

"허겁지겁 떠나려니 개를 어떻게 해야 할지 몰랐겠지. 사실 출장이 아닐 거라는 생각은 했어. 그는 약간은 거짓말쟁이였으니까. 키우지도 못할 강아지를 충동적으로 입양한 사실을 그때는 상상할 수 없었으니까."

내게는 조카의 말이 이렇게 들렸다.

'개 한 마리도 건사하지 못하는 남자를 믿고 따라나선 거야? 나는 그를 믿지 않았어.'

그가 조카에게 자신의 개를 맡기고 떠났다. 나를 떠날 때는 아무것도 남기지 않았는데, 조카에게는 개를 남겼다.

"카뮈는 아직도 그를 기다리겠지. 그 아시안 피버를."

조카 입에서 나온 아시안 피버라는 낱말을 듣는 순간 나는 얼굴이 확 달아올랐다. 그러고는 말없이 염색약만 발랐다. 붓은 세 개를 써야 했다. 레드, 브라운, 애시브라운.

"커트는 염색이 다 되고 봐서 할게요."

셋은 차례대로 머리를 감고 나왔다. 나는 서울에 머리를, 드라이를 하기 위해 온 사람처럼 열중했다.

의식 같은 염색이 끝나고 거울을 바라보며 셋은 흡족한 미소를 지었다. 내가 제일 좋아하는 순간이기도 하다. 전 같으면 이런 거라도 잘해야지 쟤가 뭘 어쩌겠니 했을 어머니도 가시 돋친 말은 하지 않았다. 하긴 어떤 말도 귀에 들어오지 않았을 거다. 루니와 카뮈 그리고 조카 때문에. 루니가 나와 떠나기 전날 밤 조카를 만났다는 사실을 믿을 수가 없었다.

그리고 여자 넷은 두꺼운 코트를 챙겨 입고 공원 산책을 했다. 카뮈와 함께.

"개 끌고 다니면 할머니들이 왜 애는 안 키우고 개를 키우냐고 해."

"개 키우는 거 보니까 애도 잘 키우겠다고도 하지."

조카가 동네를 피해 멀리 공원까지 가는 이유였다. 영하의 날씨도 카뮈는 좋다고 뛰어다녔다. 우리는 그 뒤를 따랐다. 조카는 아무렇지도 않게 내 팔짱을 꼈다.

"나는 이름을 바꿨어. 어디서 뭘 봤는데 이름 때문에 외롭대. 그래서 바꿨어."

나는 그 말이 어째서 너는 아무것도 바꾸지 않았냐는 책망으로 들렸다. 이쯤 되면 어머니가 남에게 책임을 전가하는 버릇이 있는 게 아니라, 내가 모든 말에 자격지심을 갖는 습관이 있는 것 같았다.

카뮈는 느리게 산책했고 똥은 한 번 쌌다. 공원의 나무들은 듬성듬성 크리스마스 장식이 되어 있었다. 나는 조카에게 아무것도 묻지 않았다.

슬로베니아로 돌아오기 전날 어머니는 정장을 차려입었다.

"아버지한테 다녀와야지."

납골당에 간다는 것. 너무 뻔한데도 생각하지 못했다. 슬로베니아에서 내가 제일 좋아하는 장소가 크란의 공동묘지인데. 남의 무덤에는 그렇게 뻔질나게 드나들면서 아버지의 납골당은 십 년 만이었다.

아파트처럼 생긴 납골당에는 아버지의 사진과 책 《고도를 기다리며》가 있었다. 그 책이 특별한 사연이 있는 건 아니고 아버지의 이름이 고도이기 때문에 벌어진 일이었다. 어머니의 전남편 즉 해나의 아버지는 공부를 많이 한 사람이었지만 돈이 없었고, 나의 아버지 이고도 씨는 책의 표지를 보고 자신을 기다린다고 생각할 만큼 무식했지만 어머니에게 작은 주택을 남겼다. 하지만 결국 죽어서 곁을 떠났다.

"해나 언니 아버지는 어떻게 지내? 만나요?"

나는 납골당에서 오는 길에 또 성의 없이 물었다. 어머니는 대답 대신 이런 말을 했다.

"저 양반, 너 때문에 돌아가신 거 아니다. 이제 더는 그렇게 생각하지 않아도 돼. 다 운명이야."

나는 이 다정한 말을 어떻게 받아들여야 할지 혼란스러웠다. 아버지가 나 때문에 돌아가셨다고 생각한 적은 단 한 번도 없었다. 오히려 내가 모르는 모종의 일이 발생했을 수 있다는 상상을 한 적은 있다. 어머니라면 아버지의 사망 보험금을 기꺼이 탐낼 수 있으니까.

"간암이 꼭 한약 먹는다고 더 심해지고 그런 건 아니래. 속설이라더구나. 해나가 많이 알아봤어. 그렇다고 그렇게 무정하게 떠날 건 뭐니. 아무도 네게 뭐라고 하지 않아. 이제 돌아오라고 하기엔 그곳의 삶이 있겠지. 잘 지내는 것 같고. 그렇지만, 그건 알고 있으라고."

차는 매끄럽게 도로를 달렸지만 자꾸만 브레이크를 밟는 듯한 기분이 들었다.

아버지가 돌아가시기 한 달 전 내가 지어다 드린 한약을 떠올렸다. 내 의지가 아닌, 아버지가 원하던 민간요법 심부름이었다.

어머니는 먹다 남은 슈톨렌을 밀봉해서 냉장고에 넣어두고 내가 집을 떠날 때까지 한 번도 꺼내지 않았다. 2주 안에는 먹는 게 좋아요. 말하려다 말았다. 또 어머니는 끝까지 내 슬로베니아에서의 생활에 대해서 묻지 않았다. 다만 집을 나설 때 이렇게 말했다.

"신발이 참 보기 좋구나."

이상하게 서울에 다녀온 후로는 좀처럼 루니 생각이 나지 않았다. 루니가 한 말들은 여전히 생각나지만, 루니의 얼굴이나 손길은 희미해졌다. 사랑은 촉감이라는데, 내게 사랑은 언어였나 싶을 만큼.

"연락하고."

이 말은 뇌리에 남아 나는 주기적으로 어머니와 통화를 한다. 그것이 큰 변화라면 변화다. 어머니는 여전히 전화 초입엔 기침을 한다. 이제 그것은 리추얼이 되었다.

"네가 사 온 슈톨렌, 그거 맛있더라."

전화로 나는 싸우지 않는다. 그러므로 통화는 어색하다. 싸우지 않을 때의 우리 모녀는 어색하다. 그 슈톨렌을 집 앞 베이커리에서 샀다고는 굳이 말하지 않는다. 나는 성의 있는 사람이다.

"닮았네. 다나 씨랑."

킴은 비앤비 호스트란에 있는 어머니의 사진을 보고 이렇게 말했다. 나보다 언니가 많이 닮았다고 나는 말하지 않는다. 생동하는 어머니보다 사진 속의 어머니가 더 평안하다.

빨간 머리 화가의 집, 다나의 방!

유럽에서 아티스트로 살고 있는 사랑하는 제 딸의 방을 개방합니다. 딸 대신 머물러줄 여자 게스트를 모십니다. 단 집에 카뮈라는 귀여운 몰키즈가 있어요. 개를 싫어한다면 고민해야 합니다. 크리스마스 시즌 스페셜 기프트! 슈톨렌과 다나의 방에서 점잖은 카뮈와 함께 근사한 추억을 만들어보세요.

추신: 흡연자 대환영.

　그리고 이어 서핑을 하다 나는 루니를 발견했다. 눈을 몇 번이나 비볐다. 그는 우리말로 번역하면 '멋쟁이 에스코트 기사님'쯤 되는 타이틀의 데이트 업체를 운영하고 있었다. 그의 옆에는 나와 요코를 닮은 다른 아시아계 여인이 등을 맞대고 서 있었다. '당신의 사랑을 책임져줄게요. 삶의 열정, 사랑의 열정을 놓치지 마세요!'

　나는 열정적인 남녀 사진을 앞에 두고 숨이 멎을 것처럼 웃었다. 너무 웃어서 나중에는 눈물이 날 지경이었다. 웃음의 이유는 알 수 없다. 하지만 시원한 웃음이 끝나고, 나는 킴을 재촉해 맥주를 한잔했다. 그리고 습관처럼 말했다.

　"그건 실패한 인생이야."

몇 해 전 겨울을 류블랴나에서 지냈다. 레지던스 프로그램이었는데 혼자 생각하고 걷고 쓰는 시간이 많이 주어졌다. 나는 주로 동네를 걷고, 가끔은 버스를 타고 크란이나 피란에 가서 시간을 보내곤 했다. 조금 용맹해지는 날엔 국경을 넘어 자그레브에 있는 카페에 가서 뭔가 쓰기도 했지만, 사실 늘 사람들을 구경했다. 그곳에서 나는 와인의 맛을 조금 알게 됐고, 다나를 만났다.

녹을 때까지 기다려

비채 앤솔러지

녹을 때까지 기다려

1판 1쇄 인쇄 2024년 8월 19일 **1판 1쇄 발행** 2024년 9월 2일

지은이 오한기 한유주 박소희 장희원 이지

발행인 박강휘
편집 박규민 박정선 **디자인** 홍세연
마케팅 이헌영 박유진 **홍보** 반재서 박상연

발행처 김영사
주소 경기도 파주시 문발로 197(문발동) 우편번호10881
등록 1979년 5월 17일(제406-2003-036호)
주문 및 문의 전화 031)955-3200 **팩스** 031)955-3111
편집부 전화 02)3668-3290 **팩스** 02)745-4827
전자우편 literature@gimmyoung.com
비채 블로그 blog.naver.com/viche_books
인스타그램 @drviche @viche_editors **트위터** @vichebook
ISBN 978-89-349-1115-9 03810 책값은 뒤표지에 있습니다.

비채는 김영사의 문학 브랜드입니다.